全民微阅读系列

鱼 图 腾

蔡 楠 著

江西高校出版社

图书在版编目(CIP)数据

鱼图腾/蔡楠著. —南昌:江西高校出版社,2019.1
(2024.9重印)
(全民微阅读系列)
ISBN 978 - 7 - 5493 - 7874 - 6

Ⅰ.①鱼… Ⅱ.①蔡… Ⅲ.①小小说—小说
集—中国—当代 Ⅳ.①I247.82

中国版本图书馆 CIP 数据核字(2018)第 237108 号

出 版 发 行	江西高校出版社	
社 址	江西省南昌市洪都北大道 96 号	
总编室电话	(0791)88504319	
销 售 电 话	(0791)88522516	
网 址	www.juacp.com	
印 刷	北京一鑫印务有限责任公司	
经 销	全国新华书店	
开 本	700mm×1000mm 1/16	
印 张	14	
字 数	180 千字	
版 次	2019 年 1 月第 1 版	
	2024 年 9 月第 2 次印刷	
书 号	ISBN 978 - 7 - 5493 - 7874 - 6	
定 价	58.00 元	

赣版权登字 -07 -2018 -1248

目录

CONTENTS

造　　船

马长远是白洋淀有名的水木匠,他会造木船。

马长远造船有三个绝活,是旱木匠所不能比的。第一绝是看树料。水乡人都说他的眼是探照灯,能探到树的里面去。有时去旱地买树,看上去高大光滑的树料他不要,偏偏看中了有一片疤的木头。儿子泥鳅问他为什么,他拽着泥鳅的老头辫儿说,傻小子跟爹学着点,你看这高大光滑的树,它顶部的叶子有焦梢,根部肯定空了。说着就叫来卖家,锯开树料,果然空了半截。来,看这块,你甭看它有疤,还是一片疤,没关系,这是干疤,不是水疤。水疤说明树质有毛病,干疤呢,就白捡便宜了,木头坚硬,价钱又低。说着就叫来卖家,锯开树料,果然无碍。水乡人还说他的眼就是尺,而且还是软尺,能拐着弯儿衡量材料。有次去伐树,别人指着一棵长着树龙的树对他说,这棵树长得疙疙瘩瘩的,不够船料,白给你了。他就围着树绕了一圈,拿过锯,自己操作了起来。遇直取直,遇弯随弯,顺势而锯。嘿,一副鹰排子的船料就蓦然而出了。第二绝是甩线一手准。旱木匠只能放直线,而马长远造船时能根据船的部位用材放成曲线。第三绝是放印子,就是给船打补丁。先将船体上损坏的部分用工具剔掉,洞孔自然成不规则状态。然后,选一块合适木料,不量尺寸,单凭目测用斧子砍,而且一砍便成,一放准是严丝合缝。

凭着这三个绝活,马长远的造船作坊在水乡名噪一时。

马长远开始时造鹰排子、鸭排子。老年间白洋淀水势大，水阔鱼多，渔民们放鸭牧鹰，自在得很。他把这鹰排子、鸭排子做成长1.15丈、宽2.25尺的标准，窄小、轻快、灵巧，转弯好掉头，遇到大风浪还能在浪尖上劈波斩浪。1936年，渔民任大桅划着鹰排子驱鹰向东，追赶鱼群而去，突遭暴风雨，一下子被风浪激到了天津卫，鹰排子和鱼鹰却安然无恙。风平浪静之后，任大桅蓑衣未脱，斗笠未摘，提着三十多斤的一条大鱼来上门致谢。

后来，马长远稍加改造，在鹰排子、鸭排子的基础上造成了枪排船。船只平底无舵，前宽后窄，宽处能搭上三管火铳，供白洋淀的猎户用来打野鸭、捕大雁、捉水鸥。枪筒里，前边装满沙子，后边装上火药。这设计，人是不在船上的，而是潜伏在水里，锁定目标以后点火，火药点燃就会把沙粒顶出去，一声枪响，猎物就轰然落地了。1937年的一个雨夜，任大桅神神秘秘地找到马长远，把一兜大洋交给了他，喘着气说，长……长远哥，你抓紧备料，连夜加工，给……给我造十只枪排船！他接过大洋问，干什么要这么急？任大桅说，雁翎队打鬼子，日本的汽艇都开到白洋淀了！他把大洋兜子放回了任大桅手里，穿着裤衩跑到院里清点木料，兄弟，够12只船的料，我再把前面造宽些，放四管火铳，杀伤力大些！任大桅这回不喘气了，他说，那这船钱？马长远说，船什么钱？打完鬼子再说！任大桅道了谢，说了声小心些就要走，他一把拦住了任大桅，等等，我把泥鳅叫醒，你带上他吧！

马长远造得最大的船叫对槽。对槽由两节相同长度的船组成，前节船首端斜削，尾端呈方形，后节船首端为方形，尾端斜削，两节船的方形一端相互对拢，用缆绳连接。这船笨重、沉稳，能运输几十吨的货物，白洋淀进进出出的物资，都得靠它。新中国成立后，当过雁翎队长的任大桅当上了县长。他就是用这船拉着一船的砖瓦木料、沙子水泥来到马长远风雨飘摇的造船作坊的。土地改革中，任县长打倒了汉奸渔霸熊邦宗，拆掉了他家的祠堂。就在熊家祠堂的旧址，帮助他盖起了船厂。鞭炮声中，任大桅给船厂剪了彩，然后红着脸对马长远说，长远哥，我回来了，我没把泥鳅带回来，他被安排在天津造船厂了。他才十几岁，先学学徒吧，将来回你厂里当工程师！马长远鼻子一哼，屁！连家都不回的人，能学出什么好？能当什么工程师？我不稀罕，我自己就成！

马长远说对了，泥鳅终究也没有回到水寨定居，没有回到他爹的船厂。他在天津造船厂当到了厂长，退休后在县城投资创办了白洋淀船舶制造有限公司，如今成了上市公司。

马泥鳅董事长其实每年都来给他爹拜年，拜年的时候就做马长远的工作。早些年，他说，爹跟我去天津吧，你看这白洋淀都干裂了，芦苇也不长，荷花也不开，你造的船也用不上了，连吃喝都挣不上；你去看看我造的画舫、龙舟，颐和园、西湖都用呢！你再看看我造的万吨巨轮，直达太平洋呢！马长远就懒懒地说，你那不是造，你那是生产！我的木船呢，那叫手——艺！后来黄河水来到了白洋淀，他又说，爹你都90多岁了，搬到城里住吧，我为你可是让了步，回到了县城，还给你买了三室一厅的房子！马长远耷拉着眼皮说，我住着任县长给我的房子舒服，那是人民政府给我的念想！每到这时候，马泥鳅就想用武力解决，他和司机把马长远架到车上。马长远总是打着坠儿往下出溜，我不去，本来好好的水路能跑我的木船，你倒好，捐资架桥，水路都刷上油漆了，我走不惯！

马泥鳅没辙了。他给马长远雇了个保姆，暑假寒假还打发上大学的孙子马力来和马长远做伴儿。马力有时候骑着摩托艇来，有时候开着快艇来。今年夏天，他竟然开着一架飞机回来了。他觉得他太爷这白胡子老头好玩儿，就不停地打听他的过去，打听他造船的事。听完了，他就对马长远嘟哝，太爷，都是你自己吹牛，现在白洋淀里跑的都是快艇、机帆船，顶不行也是机器钢船，你说你造的木船在哪里啊？

马长远就轻轻地拍了一下马力的头，说，小混蛋，你来！他颤巍巍地把马力领进了院里一间锁着的棚子里。吱扭扭，棚门打开，一道阳光闪进来，哇，马力看到了一屋子精巧细腻的木船模型。

马长远含混不清地说，这是鹰排子，这是鸭排子，这是枪排船，这是对槽……

回　　灌

春上，村主任陪着乡长来到陈九炳的苇田里。那时候，陈九炳正猫腰撅腚给半腿高的苇子锄杂草、去杂苇。绿油油的芦苇在春风中抖擞着、歌唱着。几只呱呱鸟扯着嗓子叫着，在陈九炳的脚下跳来跳去。

村主任说，九炳，乡长来看你了……

陈九炳直起腰来，用手背抹抹汗，哎呀，乡长啊，有村主任看俺就能感到政府的温暖了，你咋还亲自来呢？

一只呱呱鸟蹦到了乡长的脚面上，乡长呵呵一笑，老陈，都说你是难剃的头，我不来，这头剃不了啊！

陈九炳把锄头往地上一戳，乡长说哪里话？俺们小老百姓不剃头,头发长了随便拿个刀子刮吧刮吧就成了,哪敢劳乡长的贵手呢?

乡长轰走了蹦到脚面上的呱呱鸟,老陈,这里要建一个白洋淀休闲旅游综合体的事你知道吧?

知道! 村主任都跟俺说好几遍了。

这可是个大项目,市里省里招商引资的大项目呢!

多大?

多大? 这三千亩苇田荷塘都要挖掉,水抽干了,建酒店、禅院、会所,还有高尔夫球场呢! 那时候,会吸引成千上万的人来这里旅游休闲,给国家能创几个亿的税收呢,你说大不大?

大,确实大! 陈九炳说,可俺这五亩半苇田碍着大项目啥事了? 这屁股大的地方还能建高尔夫球场?

村主任扳倒了戳着的锄头,九炳,不是跟你说过了吗? 你这屁股大的地方是不能建高尔夫球场,可这屁股正在球场中心,你说碍事不碍事?

陈九炳把扳倒了的锄头又戳了起来,俺自己的地碍谁什么事了? 爷爷种苇编席打箔,爹爹种苇储粮打囤。苇田是他们的命呢! 再后来就到了俺。都说如今芦苇没啥用场了,不是,俺有。俺也有大项目,俺闺女在北京和外贸订了个合同,收咱这苇子,做芦苇画出口呢!

乡长扑哧一声,笑得差点把痰喷出来,就你这点芦苇,出口? 外国人不稀罕!

乡长你怎么笑话俺? 你应该支持俺才对嘛! 俺这点苇子是少,可俺要收购了这三千亩的苇子就不少了吧? 外国人就稀罕了吧?

会有人把苇子卖给你? 乡长问陈九炳,却把脸转向了村主任。

会的！去年冬天俺就跟种苇子的人都说好了。陈九炳身子对着村主任，却把脸转向了乡长。

那是以前了，你过来我再开导开导你。村主任拉着陈九炳，蹚过几片茂密的芦苇，向苇田边上走。扑棱棱，"嘎嘎吉，嘎嘎吉——"几只鸹丁被蹚了起来。村主任一伸手，没逮住，我说九炳，你小子这苇田里还有鸹丁？

陈九炳说，甭说鸹丁了，就是白鹭、黄鹤都来过呢！俺这里苇子茂密，鸟儿都愿意来！

那你给我弄几只鸹丁炖炖，再抓几只白鹭、黄鹤养养怎样？

不行啊，村主任，陈九炳说，鸟是苇子的魂儿，鸟不来了，苇子没魂了，不就蔫死了吗？

村主任拉着陈九炳蹲下，用左手掏出一支烟递过去，又用右手掏出一沓纸递过去，我就是和你说着玩的，我当国家最低领导人的，还没这点保护动物意识？喏，你说人家会卖给你苇子？你看看，他们早把苇田卖给开发商了，钱都揣兜里了！就你傻吧，傻得连个呱呱鸟都不如！

陈九炳一张一张翻着合同。翻一张，说一声，俺去，翻一张，说一声，俺去，怎么能这样呢？他大爷那个屁股的……他说着说着，就要撕合同，村主任一把夺过来，你撕了合同，能把人心撕回来？你也快签吧，一亩地五万多，五亩半地小三十万了，你卖苇子哪里能卖这么多钱？

不，不止这么多！乡长不知什么时候也凑过来了，我刚给开发商打了电话，说你是最后一家，如果你今天签了，再给你追加几万，让你再去新马泰旅游一圈！

那俺要是不签呢？陈九炳把烟夹在了耳朵上，想想，又取下，扔在了地上。

　　那就是钉子户,破坏市里招商引资大环境,公安介入,抓起你来,最后钱也捞不着,地也落不下! 最后鸡飞蛋打。

　　一只呱呱鸟又追了过来,又爬上了乡长的脚面。乡长一抬脚,用力踩了下去。

　　陈九炳扒开乡长的皮鞋,捧起了那只呱呱鸟,埋怨着,傻鸟啊,你以为那是俺的皮鞋吗?

　　鸟傻,你可别傻,村主任把一张空白合同递过来,你儿子在市里做公务员,还开了个小饭店,本身公务员就不能经商,饭店他又没交税,市里正想查他呢! 你签了,就什么事都一了百了了! 签吧。

　　陈九炳愣了半天,哆嗦着在合同上歪歪扭扭签上了自己的名字,用鸟血按上了一个肥肥的指印。

　　村主任乡长开发商都没有食言,第二天就安排陈九炳出国旅游去了。

　　一周后,陈九炳回到了白洋淀。他没回家,一下船就直奔了苇田。

　　他没有看见那歌唱的芦苇,也没有看见跟着他跳来跳去的呱呱鸟,还有那一不留神就从腋下飞过的鸪丁,他看见的是十几台挖掘机正像牛魔王一样哼哼地吼叫着。在陈九炳的眼里,那不是挖掘机,那是外星人派来的怪物。那怪物,先是慢慢地伸长脖子,惊悚地伸到天空中去,接着慢慢地探下身来,尖利的爪子探到葱郁的芦苇丛中,猛地一拱,苇叶苇根就被拔了起来。然后伸向远处,哗地一松,苇叶苇根连同泥土被甩到了五米开外的堤埝上。堤埝长得望不到头,原来一望无际的水域,已经沧海变桑田了……

　　陈九炳觉得自己的心被拔了起来,拔到了半空,忽悠着,忽悠

鱼
图
腾

着,还没等平静一下,就被甩了出去,碎成了一地绿白黄掺杂的泥泥水水……

不,不要！他喊着,扑到了那一地的泥泥水水前。晚了,他回来晚了。他的五亩半苇田,还有白洋淀,早就被这些怪物开膛破肚了。

陈九炳一夜未睡。第二天,他找到村主任,让村主任陪着他找到乡长。乡长正在开会,他把一个鼓鼓的塑料袋子扔在了乡长的办公桌上,大声嚷着,乡长,这苇田俺不卖了,俺儿子的事也不管了,你们爱咋地咋地吧！

说完,一扭头走了。

人们就好久没有见到过陈九炳。过了些时日,挖掘机走了。又过了些时日,挖掘机又来了。它们扒开了高高的堤埝,抹平了凸起的苇田和荷塘,外面急切的淀水铆足了劲,重又回灌了进来。哗啦哗啦的气势过了三天,大淀又恢复如初,波平如镜了。

但淀区的人们却没见陈九炳回来。

秋天,乡长来村里布置建设美丽乡村事宜,来村主任家喝酒。喝到酣处,乡长激动起来,你问这淀水回灌的事谁弄成的？陈九炳！这老小子,真有些胆魄,他先是跑到市里反映,市里没表态,又到省里,还没个结果。你说他去了哪里？让他女儿领着直接去了环保部,去了《焦点访谈》。得,真相曝光,这么大的项目,既没环评,又没洪评,项目就叫停了。停得好啊,要不我们脑瓜一热,就都被开发商忽悠啦。

是啊,停得好！祖宗留下来的这汪儿水经不起这么折腾呢！村主任端杯凑过去,碰了一下乡长的杯。

九炳呢？怎么还不见影？乡长问。

他弄出这么大的动静,吓得躲到旱地亲戚家去了！村主任说了实话。

快,快给他打电话,乡长挥舞着胳膊嚷起来,你就说,他苇田里的呱呱鸟和鸹丁又飞回来了……

水 乡 爱 情

燕小蒲从旱地儿嫁给白洋淀马柱的时候,她的亲娘已经死去多年了。

燕小蒲的亲娘死于食物中毒。按照燕小蒲现在的说法,是故意死于食物中毒。我娘知道那麦种是用毒药拌过的,但她一春天还是把那半口袋麦种吃完了。

那一年闹春荒,不,是那些年总闹春荒。燕小蒲的爹去了门头沟矿上挖煤,家里剩下了娘和他们姐弟仨。爹的钱还没有从矿上捎来,娘在一个集日起了个大早,驮着那头还没有出栏的小花猪,来到了白洋淀码头,搭了一个小黑小子的船,偷偷地去圈头镇赶集了。她卖了猪,没有再买猪崽儿,而是来到了粮食市。娘在最隐蔽的角落,找到了一个长着一只手坐在一捆苇箔上的中年男人,大哥,你那里都带来了什么? 一只手四下里地摸了半天,才扭过脖子说有高粱、棒子,还有……还有麦子。娘要了半口袋高粱、玉米,半口袋麦子,给钱的时候问,大哥你的麦子怎么比高粱玉米还便宜呢? 一只手吭哧着,妹子,实话告诉你吧,那麦子是队上头年种地剩下的麦种,被农药泡过的,不行你就别要了! 娘说,被药泡过的麦种你还拿来卖? 这不是图财害命吗? 一只手捂住了娘的嘴,妹子千万别嚷嚷,其实那药性不大,我家都吃了一冬天了,没事,顶多拉拉肚子,你不要拉倒,还有人抢呢!说着,一只手就来抢娘的口袋,娘没有松手,而是用她那皲裂的手掰开了一只油乎乎的手,把钱硬塞给了人家。

有了粮食,燕小蒲一家顺利地度着春荒。只是有一件事情孩子们不敢声张。他们吃高粱饼子喝玉米粥的时候,娘却吃着烙饼裹着大葱。看娘吃得香甜卖力,弟弟趁她不备,劈手夺过一角儿,就往自己的嘴里塞。娘一个巴掌就扇在了儿子的脸上,你个不孝顺的东西,敢和娘争嘴吃,看我不抽死你。娘整天下地干活,家里家外当男人使,吃点白面还不行?

孩子们再不敢动烙饼的心思。他们只能远远地望着娘大滴大滴地流口水。流着流着,他们就看见娘打了一嗝儿,又打了一个嗝儿,接着就是一连串的嗝儿。娘的嗝儿打得上气不接下气,她打着嗝儿就趔趄着去了茅房,开始了长时间的呕吐,开始是吐大饼渣儿、大葱段儿,后来吐胆汁儿,吐鲜血⋯⋯

娘那天再没有从茅房里站起来。燕小蒲至今对娘那场呕吐还心有余悸。她跑到茅房,想扶娘起来,娘却连她也带倒了。娘——娘——燕小蒲抹着娘嘴角的血。娘抓住了她的手,蒲,把剩下的麦子埋⋯⋯埋掉,一只手骗⋯⋯骗了我⋯⋯

娘死了以后,燕小蒲的小姨又成了她的娘。爹在门头沟立住了脚,把小姨接了出去,又来接他们姐儿三个。燕小蒲对爹说,让弟弟妹妹去吧,我在家守着我娘过!

燕小蒲自己过了几年,就开始不闹春荒了。她有了自己的责任田。她的责任田里其他什么也不种,光种春小麦、秋玉米。她收下的粮食不放在家里,却囤在娘的坟地里,年年烧纸的时候,她都要把四张白面饼和一碗大酱、四根大葱祭在娘的坟前。当纸钱蝴蝶一样飞满天空的时候,她哽咽着喊,娘,你来吃你的烙饼裹大葱吧……

女孩家毕竟是女孩家,自撑门户不易,秋上麦收更愁。燕小蒲累倒了,但她还得去耪地。玉米快秀穗了,弯下腰去,人就会淹没在绿油油的海里。燕小蒲在海里耪着地,游着泳,她在海水和汗水里漂浮起来,漂着漂着,就沉了下去,她用磨秃了的锄头来抵抗着身体的下沉,锄把竟撅折了……

那个黑油油的小伙子就是这时候托起燕小蒲和她的锄把的。他把她放在田间小路的树荫下,灌了几口水,用几片荷叶盖上了她的身体,然后拿起撅折的锄头钻进了玉米地,他锄地的样子也成了一把撅折的锄头……

燕小蒲记得第一次和黑小伙的对话是这样的。你是谁?为什么帮我?我是马柱,住在白洋淀千里堤上,那一年你娘乘过我的船。我娘乘过你的船与你帮我有关系吗?她没跟你说过吗?说过什么啊?乘过我的船啊……对话就在这里停住了,燕小蒲看到马柱整齐洁白的牙齿咬住了,他用荷叶擦了把脸就骑着自行车拱上了千里堤。

秋后种上麦子,转眼就是麦收。燕小蒲选择一个阴天不雨的早晨开镰收割了。她的镰刀拥抱着麦子,亲吻着麦子,她的健硕和丰满一弯一直地配合着镰刀与麦子的拥抱和亲吻。在燕小蒲看来,愉快的劳动显然是一种享受。她沉浸在这种享受之中。她想麦收以后就要去门头沟看看爹和小姨,还有弟弟妹妹,虽说他们没有给她寄过钱,也没有给她帮过忙,但责任田还是有他们的份,他们迁走以后户口可是没迁走,这才会打这么多的粮食。我要给他们带上几口袋白面,几口袋玉米面,让他们也尝尝泥土里的乡情呗!她这样想着,仿佛真的坐上了火车和汽车,走上了去往门头沟的路。突然一只鹌鹑扑棱棱地在她的遐想和镰刀下飞起,她的镰刀一抖,割到了自己的腿……

马柱就是在这时候把收割机轰隆隆地开进燕小蒲的麦田的。那时候,燕小蒲觉得腿上的血已经流干了,再流就是流心里的血了。马柱的到来,让她的血重新从地里流回了腿上,她觉得伤口结痂了,复原了。她用手托起了那个鹌鹑窝,五只毛茸茸的小鹌鹑在她的掌心里和阳光下睁开了眼睛。

麦收之后,燕小蒲就从旱地儿嫁到了白洋淀水乡。她没有嫁妆,也没用人相送,她把房子的门窗堵好,把大门加了一把铁锁,然后带上一个鸟笼就上了马柱的收割机。鸟笼里那五只鹌鹑已经学会说话了。

新婚之夜,燕小蒲看着马柱黑油油的身体和整齐洁白的牙齿,甜蜜地问,柱,你说,你为什么娶我?

马柱拉灭了灯,身体和牙齿都窝在了灯的后面。他长叹了口气,一字一顿地说,我爹就是当年那个一只手啊!

燕小蒲呆了足有五分钟,然后嗷了一声,把新房里的红色被子、褥子抛在了地上,然后拽下挂在衣橱上的鸟笼子就想往地上摔,没想到鸟笼里的五只鹌鹑齐声喊道,燕小蒲,马柱喜欢你,燕小蒲,马柱喜欢你——

燕小蒲的手停住了,她流着泪一步一步地走向婚床,走向马柱。

后来,他们就有了儿子马涛。再后来,白洋淀千里堤上就又有了马涛鱼馆。

老 董 家

老董还是小董的时候,是白洋淀边的一个诗人。他的家就在千里堤上。那时候,长堤烟柳、十里荷花、渔船帆影、枣林晚渡,还有一望无际的芦苇都是他信手拈来的诗句。他在苇田里去除杂草的时候,他在荷塘里栽种莲藕的时候,他在渔船上撒网捕鱼的时候,他的诗句就随着他壮实的胳膊、随着他娴熟的动作喷薄而出。那时候,小董的渔民生活就都充满了诗,充满了蜜。

何况还有苇眉。渔家姑娘苇眉不会写诗,但她懂小董的诗,懂小董。小董锄禾日当午的时候,她给他泡来了荷叶茶。小董种藕月下忙的时候,她给他端来了小鱼贴饼子。小董哼着渔歌在雨天驾船返航的时候,她手里的蓑衣已准备多时了。然后,她帮他系好船,放好桨,用鱼篓装好鱼,一根扁担横上肩,一边一个鱼篓,颤悠悠地挑着去集市上叫卖了。

苇眉颤悠悠地挑担走了,小董的眼前就光剩了姑娘颤悠悠的身影。最是那一弯腰的温柔,好似白荷花不胜春风的娇羞,你颤悠悠地走了,空留我颤悠悠的愁……这样的诗句就自然而然地从小董的口里流了出来。

如果不是后来的连年天旱,如果不是后来的持续干淀,小董肯定会吟着幸福的渔家傲,和苇眉厮守白洋淀成为一对渔家夫妻。可是天旱了,淀干了,苇死了,荷枯了,鱼净了,小董的诗情像太阳底下的干枯的淀底,被切割得七零八落了。

当小董将他划了二十年的渔船劈掉当柴火烧,做了最后一次小鱼贴饼子之后,他抓起一把莲子揣在兜里,拥别泪水涟涟的苇眉,跑下千里堤,跑上大公路,高声喊叫着,白洋淀干了,没水了,没诗了,我要去找水,找诗!

后来,小董没有找到水,也丢了诗,却找到了酒——红酒,葡萄酒。

其实刚开始在那个六朝古都西安,小董还是找到诗了的。他在《女诗人》杂志应聘做了编辑记者。最初的编辑生活是新鲜而诗意的,面对一麻袋一麻袋的来稿,面对热情洋溢的读者来信,小董变成了小董老师。当然,他还有个笔名叫依然。他主持的"诗歌、女友与爱"栏目因大量刊发爱情诗和培养诗歌作者而成为当时全国的热点。小董老师和依然编辑都成了名人。名人自有名人的烦恼。小董的烦恼比别人更多一些。他的求爱信比别的编辑记者多一倍。就是说,知道小董老师是男性的文学女青年和估摸依然编辑是女性的男青年都对他展开了爱情攻势。写信的、寄玉照的、拍电报的、打电话的,应接不暇。按现在的话说,那就爆棚,最奇葩的是一个名叫史黛西的深圳女作者,不远千里跑到编辑部,跑到他的办公室当面求爱。小董老师或者依然编辑拿出了那把莲子,给他讲白洋淀的事,给她讲苇眉的事。女作者流着泪离开编辑部,但没离开西安。她租了一个店面,开了个超市,边卖酒,边写诗,边等着小董老师的爱情。

7年后,小董老师辞职了。原因很简单,在编辑部副主编的竞聘中,他失败了。他把诗和行囊打包,去火车站托运。手拿托运单,他犹豫着,再犹豫着。他不知道,人生中下一个漂流地是哪里。就在他将托运单快要戳出窟窿来的时候,史黛西从天而降。她拿过笔来,在托运单上龙飞凤舞地写上了两个大字:深圳。

小董就这样漂流到了深圳。那时候,史黛西早不写诗了,她的超市赚了钱。她用赚的钱在深圳开了一个更大的超市,继续卖酒,卖红酒,卖得相当火。比当年小董的"诗歌、女友与爱"栏目还火。小董不卖酒,小董办了份杂志,叫《红酒与诗歌》。后来又创办了"红酒大世界"网站。诗人小董开始转型,开始了他的红酒人生。红酒让他走进了商场,走进了红酒文化,走向了世界。当人们开始叫他老董的时候,他成了葡萄酒行业的观察家和评论家。

　　只是史黛西依然走不进他的心灵。有时候,史黛西真想把老董怀里那把莲子从深圳的高楼上扔到马路上去。可试了多次,终究没扔。诗歌丢了,红酒找到了。她还忍心让他丢掉故乡吗? 不能啊!

　　红酒人生就这样倏然而过。突然有一天,中央电视台播出了一个震惊世界的新闻,中央决定,要在白洋淀边设立继深圳、浦东之后的又一个特区——雄安新区。

　　那一天,老董出门。那一晚,老董没睡觉。史黛西小心翼翼做的西餐,老董一动不动。他伏案作诗,然后推窗畅吟:

　　白洋淀有水了,

　　所有的心灵不再干涸。

　　你这载着远古而来的梦想之湖哦,

　　在经过炼狱般的锻造之后获得永生,

　　那是一种怎样的粉身碎骨啊——

　　不久以后,老董在史黛西陪同之下,回到了白洋淀。老董把他的"红酒大世界"网站搬到了在父母遗下的老宅里,把那把莲子种在了白洋淀里。

　　苇眉牵着孙子来看他,给他带来了一锅小鱼贴饼子。那时候,老董正把一个崭新的木牌挂在大门上。苇眉轻声念着门牌上的那三个艺术字:老——董——家——

我像只鱼儿在你的荷塘里游

日子就像这白洋淀的芦苇,一眼望不到边际,有时候连个缝隙都看不到……轻舟在千里堤上开始讲了,他把双拐从腋下抽出来,垫在屁股下面坐好,眼睛望着那一眼望不到边际的芦苇,他的眼光被芦苇吸引住了。

我是啥时候觉得日子像芦苇的呢?是我被查出患上类风湿关节炎以后。其实这不是啥大病,就是大腿关节疼痛、肿胀、僵硬,还只是早晨有症状,午后就没事了。我就没在意。说实话,我是不愿意去大医院看病,那时候没"新农合",看病难啊。我在温泉纤维布厂打工,蓼花在家带着轻清和轻亮。那时候轻清4岁,轻亮才6个月。我一个人的工资,养着全家,哪里还有看病的钱呢?我就在小诊所拿点药片啥的对付着,反正咱也年轻,身大力不亏,兴许挺挺就能过去了。可是,后来就觉得不对劲了。有时候全身发热,体重减轻,下班回来就昏昏欲睡,腿也伸不开了,走路也瘸了,再后来干脆起不来炕了。蓼花用船从白洋淀把我拉到县城码头,再用三轮车把我拉到医院去检查,医生说我的病已经转化为股骨头坏死了,而且治不好了。在医院里、在路上,我没表现出什么,我甚至还给蓼花讲了个笑话。回到家,当蓼花去厨房给我烧水吃药的时候,我的头抵住了我的腿,只轻轻一抵,我就忍不住了,眼泪像千里堤决口一样,无休无止。

　　我哭了大概有 5 天吧,觉得眼里再流出来的就是血了。我情愿这样流下去,然后流干,然后死掉。蓼花也陪我流泪,也陪我流血,但她说不会陪我死掉的。她擦干泪痕,把我背上木船,竹竿一点就下了水,就进了白洋淀。蓼花划着船说,轻舟,我包了一块苇地,你看就是那块……我顺着她的手指望去,我望见了前面十字港汊交汇处的那块苇地,我还望到了苇尖上一只红嘴儿小鸟在跳来跳去。

　　我要在这块苇地上养鸭。蓼花双臂用力一划,小船就抵达了那块苇地。

　　蓼花就这样挑起了我的担子。她借钱办了个小养鸭厂。她每天天不亮就起床,喂鸭,做饭,伺候两个儿子起床,伺候我们吃饭吃药,然后送轻清、轻亮上学,然后还去温泉纤维布厂打零工……渐渐地,在蓼花急匆匆的脚步里,她纤细的身影变得粗壮了,她温柔的小手长成了蒲扇。那不是蓼花,那是我。那是另一个我。

　　本以为这样的日子慢慢能凑合下去。因为我们已经走出了一片密不透风的苇地,看到了日子里星点的亮光。谁知儿子又出事了。那年的一天中午,轻清放学后,走下堤坡,想划船去鸭场,他想去替蓼花喂鸭子。刚刚拐进一条港道,就被飞驰而来的一艘旅游汽艇给撞了。木船散了架,轻清轻轻的身子飞到了天上,又落到了水里……

　　轻清的脑子被撞坏了,他只能辍学。本来轻清就一直嚷嚷着辍学去工厂打工,供成绩更好的弟弟上学。蓼花一直没同意。现在可好了,想上学也上不成了。还有刚刚小学毕业的轻亮,全乡考了个第一,恐怕这学也上不成了。

老天爷啊——我爬到堤上,喏,就是现在这个地方。我用拐杖砸着我的腿,我想把它砸断,砸烂。我恨这双腿。我用带着血迹的双拐指着天空,老天爷啊,这日子还能过吗?这人还能活吗?

蓼花搀着轻清,牵着轻亮,又弯腰扶起了我,将拐顶到了我的后腰上,轻舟,别怪老天爷,家家都有难念的经,咱来世上就是过苦日子了。苦日子咱们也能过,也能活,听话啊!

蓼花你说得轻巧,你说能过,我就过下去?你说能活,我就活下去?我才不那么傻呢!我苦怕了,也活够了,我折腾不起了。折腾不起,我不折腾还不行吗?我不怨天也不怨地了,我怨我自己命运不济。我一个什么也不能干的瘫子,一个连丈夫义务都不能尽的废人,现在又整天看着一个傻子,我不干了。晚上,在蓼花打起了响亮的鼾声之后,我把我能发现的治疗我双腿的所有药片胶囊口服液什么的,足有半纸篓子,一起用白酒灌了下去……

我没死。我被送进了医院,被洗了肠,又瘫痪着清醒着回到了家。

我不愿意在炕上躺着了,我让蓼花把床铺搬到千里堤上。我在阳光下看着一望无际的芦苇,看了一个月。我就平静地对蓼花说,蓼花,你想让我过,想让我活很容易,你得听我一句话!

蓼花说,只要你不寻短见,你说一千句一万句我都听!

我就说一句。我们离婚,你带着孩子改嫁吧!

你说的是屁话!

屁话也得说!你不能看着轻清没钱治疗落下残疾,你也不能看着轻亮不能上学落下埋怨,你更不能看着我再次喝药!

蓼花不说话了,过了很久,她才说,好吧,我们离婚!但我要带着你出嫁!

我吐出了一口长气,我说,随你!

就这样，我们离了婚。就这样，蓼花又结了婚。新郎是温泉纤维布厂的老板温泉。温泉和我、蓼花从小学到初中都是同学，至今还单身。

蓼花带着我和两个儿子搬进了温泉纤维布厂。我们组成了一个特殊的家庭。

后来的事情你就知道了，报纸上也报道了。带着前夫再嫁，就让蓼花出了名。正像报纸上报道的那样，蓼花依旧照料着我的生活，当然还有那个傻儿子和小儿子轻亮的生活。温泉呢，管我叫哥。我的儿子们都管他叫叔，当亲叔。

日子过得真快。当白洋淀的芦苇又一次长成这样一眼望不到边际的时候，温泉给我们全家做了一条船，很大很豪华的一条船，船上有宿舍、餐厅、洗手间、KTV。我们的船航行在白洋淀的夜色里。荷花淀的香气只有在夜晚才这样浓郁和醉人。

在船上，我们为刚刚考上重点大学的轻亮庆贺。温泉和蓼花第一次喝了交杯酒。轻清随着音乐唱起了那首《荷塘月色》："我像只鱼儿在你的荷塘，只为和你守候那皎白月光，游过了四季荷花依然香，等你宛在水中央……"

那晚，我也喝了几杯酒，我醉倒在了大船上。恍惚间，我滑进了荷塘，我变成了一条自由自在的鱼儿，我的双拐变成了鱼的双鳍……

眼 泪 开 关

【彭博被关在电梯里】

彭博急匆匆地乘上了这座新建的高层居民楼的电梯,朝着15层升去。1、2、3、4、5……红色的数据在电梯屏幕上飞快地跳动,他的心和眼也跟着跳。眼看着跳到13了,电梯却戛然停住,然后就是骤然下滑,咯噔一响,卡住了。彭博的眼和心还没准备好,就随着电梯灯一下子灭在了黑暗里。

晕眩、恐惧、孤独一下子就攫取了彭博。种种关于停电梯遭遇不幸的传闻瞬间就像潮水一样包裹了这个狭小憋闷的空间。一刹那,他几乎感到了死亡的气息在逼近。他啪啪地拍打电梯门,大喊,来人啊,快来救人啊——

【彭博是一个拆迁户】

其实一开始彭博没有要这楼房的打算。他还是觉得住在那座陈旧宽敞的三间平房子里平静踏实,儿子大学毕业娶妻生子,跑到北京漂着去了,十天半月难得打一个电话,逢年过节才匆匆回来聚上一两天。直到现在孙子都一周岁了,他总共才见到过三次。儿子不回来倒好,清静不说,省得再为他操持房子。就让你小子在北京自己租房子住,付房租坐公交瞎闯荡吧!老子乐得轻松。

可你想轻松,不可能。为啥?市里新来了书记,第一把火就是城市改造,老房子要拆迁。彭博不想拆,就和拆迁办僵在了那里。居委会、拆迁办、街道办事处都来做工作,他就是不在协议上签字。他的理由很简单,自己老人留下来的遗产,不愿意折腾掉。后来单位上的领导出面了。领导说了一大套形势,讲了一大堆理论,最后见他独自掏耳朵挖鼻孔的,领导急了,彭博,这是政治任务,你小子如果不拆,单位也有压力,就给你处分,记过、降级、降职!彭博嘿嘿地一笑,掏出早就准备好了的辞职书说,我档案上年龄大一岁,今年早就到退二线年龄了!领导撕碎了那张纸片摔门而去。彭博也锁上门,带着老伴儿去海南洗温泉去了。

等他回来后,三间房子已经夷为平地。那块地早就进驻了建筑队,开始了新的规划。彭博找到了自己房子的旧址,那里已经打上了第一根桩。他蹲在地上搂着那根桩,眼泪就下来了。不知什么时候,他的脸一阵酥痒,一双小手轻轻地摸着他,随之就听见一个稚嫩的声音,爷,爷爷——

果然是孙子,后面还有儿子儿媳。儿子把他的儿子塞向了彭博,爸,是我签的字,他们打电话说你出事了让我回来,我明白是怎么回事后,就签了。反正咱也不吃亏,赔一比一的楼房,还给几十万块钱,你住楼房,我和你孙子呢,在北京买房子也有首付了。

还能说什么呢?就这么着吧!彭博就成了拆迁户。他只是软软地对老伴儿说了句,关键时刻,你非嚷嚷着去洗什么温泉?

【彭博开始自救】

彭博嗓子喊哑了,喊出血来了,也没人听到这绝望的声音。大家都忙着呢!没办法。他开始施行自救。他首先想到的是老伴儿。掏出手机打老伴儿的电话,打不出去,打单位的电话,打不出去,打朋友的电话,也寂静无声,他这才明白电梯里没信号。他气得想扔掉手机。快出手的时候,却在手机微弱的光线里,看到了电梯计数器的反光,看到计数器上边画着一个电话标志,他身体一激灵,手就拍上了电话。没反应。他抬起手,用食指去按电话,还是没反应。再按,用力,开始有了嗞啦嗞啦的电流声音。之后就是一个录好的标准的女人的声音,亲爱的乘客,您好,感谢您乘坐本次电梯,电话正在接通中,请耐心等待!

【彭博发现房子装修出了问题】

没有了平房,彭博就只能要楼房了。他暂时借住在妹妹家。只能是暂时住,妹妹正和妹夫闹离婚,整天为孩子、房子、车子争吵。这还能长期住? 他现在反正退二线了,就一心一意地装修房子吧! 朋友介绍了个装修队,野队。第一步先改水改电。改水很顺利,师傅按着他的要求改的。改电的师傅是个南方人,懒不说,还油嘴滑舌,自作主张。你让他把开关向门口移,他说不能移动,那样会安不上门套的。你让他在床边安个双控开关吧,他说不行,那样虽说方便了,但滋生了懒惰,也浪费资源。你让他把可视门铃挪到衣柜挡不着的地方吧,他说,这样也挡不着,你把衣服扒拉开,不一样能看到吗? 彭博气得脚趾头都疼。

之后就是贴瓷砖。卖瓷砖的朋友捎带着介绍生意,从农村找来一对夫妻档。男的门牙掉了一颗,猫着腰,戴着蓝色遮阳帽。女的膀大腰圆,粗壮有力。朋友说,老彭你这回相信我吧,孙师傅两口子跟我认识这么多年了,我的瓷砖都是他贴,你连去也甭去,肯肯肯……肯定错错错……不了! 朋友说到这里,口吃病就犯了。

彭博听了朋友的话,放下一箱矿泉水和两包烟就下楼了,之后一次也没去。等到瓷砖贴好后,他去检查。我的娘哎,厨房的花片贴到了房顶上,厕所包管本来应该是方正的,却斜成了 45 度角。客厅就更甭说了,54 块瓷砖,没有一块是正的,东高西低,山山水水,丘丘壑壑,贴成了风景区。彭博坐在飘窗上,想跳楼。可想想在北京的小孙子,他还是走到那男的面前,握住了他的手,激动地说,孙师傅,你拿我的钱练手,辛苦了。

孙师傅摘了帽子,漏着风说,俺说干不了呢,孟经理非让俺两口子来! 得得得,俺不要工钱了,就当给你助工了,谁让咱是朋友呢?

不要工钱就行了? 彭博终于真实地喊出了自己的思想,你行我不行,返工,赔钱。

喊完,彭博就下了电梯,找他的朋友老孟去了。

【彭博感觉外面的亮光汹涌着漫进了电梯】

老孟不在瓷砖店里,去广东佛山进砖了。彭博就对售货员说,你再给我弄54块瓷砖,拉到宏宇大厦吧,我要返工!

彭博就急匆匆地往楼上赶,他要孙师傅立即砸地,然后另找师傅重铺。越急越出事,楼梯竟然停电卡住了。

彭博开始用10个手指轮番按着那个电话标志,你让我耐心我就耐心? 我耐心不了! 我耐心不了,耐心不了,耐心不了……

呼救电话仍然没有反应。彭博的手机也没电了。无边的黑暗和无穷的恐惧像电梯的钢板一样坚硬,这坚硬开始移动,紧缩,越缩越窄,越缩越小,将站着的彭博挤压成蹲着的彭博,将蹲着的彭博挤压成弯曲的彭博。彭博的眼泪就被挤压出来了,哗哗地,好像还有血液。很快,这眼泪和血液就顺着电梯板向电梯门涌去。黑暗中,洇到了电梯开关那里,咣的一声巨响,开关起作用了,电梯门轰然大开。外面的亮光汹涌着漫进了电梯……

孙师傅咧着缺牙的大嘴上来就拽住了彭博,他的老婆正呼哧呼哧着用铁铲撬着电梯门……

第 五 家 庭

1. 我叫福地儿，但我的命苦。早几年儿子死了，现在言大鹏又在大棚里面煤气中毒。

儿子是在学校的大铁门上坠死的，死得有些怪。那是一个星期六，儿子帮着大鹏去村北的钢铁市场给人家装铁。装铁是计件工资，装满一车人家拉走了就给30块钱。儿子想挣一台电脑钱。快到中午的时候，没车了，大鹏就对儿子说，你回家写作业吧，下午有车再来装，我先在这里排着号！儿子就往家走，快到家门口的时候，突然想起书包还落在学校里。他就一边穿着防寒服一边往学校里跑。学校的门锁着，看门的老头不知干什么去了。儿子急啊，他就攀上了大铁门，纵身一跳，但没跳下去，他的防寒服被铁门挂住了，确切地说，是被铁门顶端凸出的铁尖尖挂住了，那铁尖尖像红缨枪。儿子的脖子就被挂在红缨枪上的袄领子勒住了。他喊不出声来，就挣扎，越挣扎勒得越紧，越紧就越挣扎，蹬腿，甩臂，自己也解不开，也没人来给他解开。正是村民吃午饭的时间，没人在街上溜达。等看门老头回来的时候，儿子已经断气了。

儿子死了，给他爹挣了一笔钱。大鹏就用学校赔偿的这笔钱弄了蔬菜大棚。第一年大棚被龙卷风刮跑了，赔了。第二年南方蔬菜入侵，他的菜卖不上价，还是没赚。第三年了，大鹏说要打个翻身仗，一春天就吃住在大棚，晚上冷，黎明时分更冷，他就在大棚里生了个煤炉子。谁承想，这短命鬼就又煤气中毒。我疯了。

我把大棚拆了,把大鹏僵硬的身体暴露在天空下让冷风吹,大鹏也没有缓过来……

我也想死,其实坟墓才是我福地儿的福地。但我又不能死,甚至都不能大声哭。我还有个即将高考的女儿,重要的是还有一个瘫在床上的老公公。我只有在孩子和公公睡熟之后,才敢捂着被子抽泣。抽泣完之后,第二天我还要露出笑容,还要服侍公公起床吃饭吃药,还要掏出学费送女儿返校。我福地儿还要把这苦日子过下去,还要让老言家的烟囱在村里不断地冒烟儿。

2. 我是在老丈人家村里听说福地儿的苦故事的,也是在那里听说她要带着老公公再嫁的新闻的。那一段时间,我常去老丈人家。老伴儿得肠癌没了之后,我就得常去老丈人家。老丈人老丈母娘都老了,老两口子都快不能自理了,还要照顾一个患有精神病的儿子。我内弟的精神病犯得有些邪乎。他有时半夜三更起来跑到人家的羊圈里赶出羊去放半天,有时候拿着一把打草刀拦截乡村公路上的运铁车,然后还不忘喊上两嗓子,此路是我开,此树是我栽,不留老头票,脑袋留下来!老伴儿临咽气的时候对我说,在先啊,我去了之后,你可以再娶个人,但俺最放心不下的不是俩儿子,不是俺爹俺娘,是俺那个傻兄弟。只有你有一身力气,他犯病你能控制他,你就把他当成你们第五……第五家……的兄弟吧!我说,老伴儿,我不敢保证不娶,男人嘛,没有女人过日子难啊,咱俩儿子没个人手照顾你也不踏实对不?可你放心,我第五在先有言在先,我就是娶,老丈人老丈母娘也不能扔下不管,我要带着他们和我小舅子一起过!

我这话让老伴儿带着笑容咽气了。我是个说到做到的人。男人嘛,做不到这一点,你还怎么敢说自己是男人?所以,有好心人给我说媳妇儿,相亲的时候我就把这条件端出来。一听这个,人家抬屁股就走,走时还问我,你是不是和你小舅子在一起待的时间长了,被他传染上了? 大哥,快去医院看看吧,现在医药费给报销不少呢! 我说,妹子,哥没病,哥就是傻,但不二!

听说了福地儿的故事,我决定主动出击了。我觉得福地儿就是我找的那个女人,那个可以接替我老伴儿成为我们第五家庭的人。我走进了福地儿的家,那时候,她的公公在炕上刚拉了屎,我跳上炕撸起袖子,把福地儿拨拉到一边说,妹子,你歇会儿吧,往后这活儿归哥了!

3. 第五在先带着两个儿子来到了福地儿家。他把老家的房子卖了,又贷款在老丈人的村里买了两套新民居。一套给老丈人丈母娘和小舅子住,一套给儿子和福地儿的公公住。在女儿和大儿子同时收到大学录取通知书的那一天,他和福地儿在老宅子里成了亲。

成亲那天晚上,福地儿望着老老少少一大家子人,心里的苦慢慢地化掉了,她说,在先,你贷了那么多钱买房子,什么时候能还上啊? 他说,不怕,只要你掌好舵,领着头干,咱第五家庭出头的日子还会远吗?

福地儿就摸了一下男人的脸,轻轻地问,你怎么有那么怪的姓氏?

不怪啊,你看,女儿姓言,你姓福,我老丈人姓终,我姓第五,这不正是应了百家姓最后一句吗? 第五言福,百家姓终啊!

福地儿说,不对啊,还差一姓呢?

男人说,我丈母娘姓百,百家姓里没收进这个姓! 加上她,咱们不正好是第五家庭吗?

脸 盲 症

中午快下班的时候,苏式的手机响了。显示的是手机号,不是人名,苏式就挂了。可那个号又执拗地打过来,在铃声快要响断的时候,他接通了。还没等他说话,对面就噼里啪啦地吵了过来,苏式,你聋了?昨天说好了今天请人吃饭,给你信息也不回,电话也不接,啥意思吗?心疼钱了?心疼钱你也得守信用啊,昨晚你在我的床上怎么说的你忘了?你说你要请我们旗袍帮吃饭的。告诉你,12 点我们在风波庄雁鱼门等你,不见不散啊!

这顿疾风暴雨过后,苏式一拍脑袋,就隐约想起了昨天好像在小乔家住了一晚,也好像说过请客之类的话,但拿不准。人到中年之后,脑子有些反应迟钝了。上午市里要拆迁进度汇报,他让办公室准备的是下乡蹲点工作总结,结果让主管市长骂了一顿;政工科刚刚发下来体检表,他却当卫生纸用了,事后才反应过来这 A4 打印纸是有些硬。今天有几个企业约他吃饭,他都拒绝了。他说,改日改日,今天有事,真有事!有什么事呢?可就是想不起来。直到这个有些眼熟的手机号打进来。

去!老子是讲诚信的,不去不是苏式的风格!

城市不大,苏式开车转了一圈,才在火车站附近找到了风波庄。进去以后却吓了一跳,好家伙,他好像进入了宋朝的江湖。服务生打扮得都像景阳冈的店小二,服务员打扮得都像林冲的丫鬟。老板是个女的,一下被苏式认出来了,啊,孙二娘!孙二娘赶紧过来挽住了苏式的胳膊，苏局长，你好长时间不来了，看咱家店装修得咋样，老有特色了，有味道吧？苏式的胳膊碰到了孙二娘最柔软温热的地方，胳膊就有些麻醉。苏式问，我来过吗？孙二娘用胸碰了一下苏式的肩膀，苏局长，你哪里是来过啊？是住过、包过房间，快进去吧，早有人等急了……

孙二娘就把苏式塞进了一个雅间，那里正是雁鱼门。一进门，屋里就想起了噼噼啪啪的掌声和欢呼声，靠门坐着的那个穿红色旗袍的高挑女人就站起来喊道，热烈欢迎苏局长姗姗来迟……说着就把拥抱送了过来。苏式被拥抱得有些蒙，他打量着红旗袍，你是？红旗袍咯咯地笑着说，苏局长真幽默，连我都不认识了，你猜？苏式说，不用猜，你是乔？哦，小乔？

什么乔？我是朝云啊，王朝云。红旗袍转向屋子里的女人们，看苏局长多逗，我明白了他是让我瞧，瞧什么？都是我姐妹，早就瞧得不爱瞧了！还是你瞧瞧吧！

王朝云就把苏式往里搡，一圈白皙的胳膊就传递着把他按在了正中间的位置上。来，苏局长，我给你介绍坐在你身边穿青花旗袍的美女，从东京汴梁，哦，现在叫开封，王弗。我的老乡，穿过宋朝来看我，今天就是给她接风。苏式就站起来伸过手去，对方的手小巧柔软，攥在手里瞬间就化了。苏式觉得手里有些空洞，就张开了手，那化了的手就又还原了。王弗？这名字好熟悉。苏式觉得这人像极了另一个人？谁呢？他差点就说出这个人的名字，可到嘴边又想不起来了。

其余的你都认识，这就是我们的旗袍帮。你和她们都在一起吃过饭，唱过歌，有的还一起……那个哈，那个啥。苏式赶紧点头向其余五名橙黄绿青紫旗袍点头致意。可实际上，他一个也叫不上名字来。看着脸挺熟，就是叫不上名字来。他只得一个一个地盯着瞅，一个个辨别着她们的眉眼鼻子嘴，回想着同她们交往的点点滴滴，可就是不能确定谁是谁。这记忆毁了，这脑子毁了，这眼睛也毁了。

王朝云点菜。那菜名也江湖得怕人：大力丸、群英会、降龙十八掌、君子剑法、南山刀法……反正都是以大雁和鱼为主体做成的。一个男人和七个女人，得酒过七巡：正七巡，倒七巡。苏式就有些招架不住了。招架不住，他就去搂王朝云，那团红却躲进了五颜六色之间，反手把一堆蓝推到了他的面前。苏式就搂住了那堆蓝。小乔，来小乔，咱俩喝杯酒，喝杯交杯酒。那堆蓝也不挣脱，浅浅地笑着，苏哥，我不是小乔，这里也没有小乔，我是王弗。王弗？王朝云？你们是姐妹俩？你们是姐妹七个，你们都姓王？不，你们都姓乔！哈，今天选的饭店有意思，风波庄雁鱼门，你们是想闹出点风波来，整出点艳遇来？哈哈哈……

吃完饭，出了饭店，红旗袍王朝云说，苏局长，咱下个节目干啥去！苏式拉开车门说，咱去唱歌！王朝云说，算了，唱歌也没啥意思，我看咱去足道按摩吧！你喝多了，不开车了，咱走着去吧！

苏式说，好！就过来拉王弗的胳膊。王弗原地不动，挣脱了，轻轻地扭着身子说，苏哥你答应我一件事情我才能去。苏式说，啥事，哥替你办！王弗就走着猫步过来，青花旗袍开叉处，就闪出了阳光一样的白。我和朝云姐刚办了个保洁公司，想让你把局里保洁的活儿给我们。苏式说，可这活儿小乔早就揽过去了，她干得很好，我也不好换人啊！王弗又走着猫步回到了原处，你不是说我就是小乔，我们都姓乔吗？

苏式一拍大腿，哈哈，对，你就是小乔，你们都姓乔，好，我答应！

赤橙黄绿青蓝紫，七个旗袍花团锦簇地拥着苏式走向"足来足往"足道馆。每两人一个房间,正好到王弗和苏式这儿,都要单了。两人都在犹豫,王朝云就猛地把他俩推进了房间。苏式要了茶水饮料,要了技师,却好久没人进来。他就大声嚷道,老板老板,来技师。

王弗一敛旗袍,在苏式的按摩床上坐下了,苏哥,别喊了,你看我给你当技师不成吗?

王弗的腿就接触到了苏式的腿,旗袍这时候已经不是他俩的障碍了。

苏式醒酒以后,发现自己躺在了自家的卧室里。一个肥胖臃肿的身体正高一声低一声地打着呼噜。苏式皱皱眉头踹了踹那具身体,你是谁? 怎么躺在这里?

呼噜声停了,肥胖臃肿的身体不情愿地嘟哝着,你脸盲症啊?我是你老婆王弗呗!

斯　文

刘德是在中午时分推开我的门的。那时我还不知道他就是名满天下的河间王。我只看到一个消瘦的身影在阳光下稳健地走进我的院落,走近我的草屋,走近我的锅台,走近我。我在锅台边立起身,看见刘德敛一下长衫,抻一下长袖,用力吸了吸鼻子问,这锅里煮着什么好东西? 这么香? 我说,是野兔,白鼻子给我捉到的野兔,在我的坟地里捉……说到坟地,我打住了。打住之后,我问刘德,哎,你看到白鼻子了吗? 你进来的时候看到白鼻子了吗？刘德闪身一笑，白鼻子就越过刘德，蹿到了我的面前。毛先生说的是它吗？刘德说，就是它把我引进你家门的啊！

白鼻子是我养的一条狗。它浑身油黑，只有从嘴、鼻梁到额头的一溜毛是洁白的，所以我叫它白鼻子。平时有人来，白鼻子会用叫声通知我，没有我的咳嗽回复，它是不会让来客走进我的家门的。怎么今天它竟然不叫不闹不通知我，就领着刘德进来了呢？

我再一次打量了刘德一番，他峨冠博带，明眸善目，举手投足间斯文尽显，这白鼻子怎么舍得吠叫呢？我摸了摸白鼻子，我说，先生你是⋯⋯

在下河间王刘德——刘德正式对我深施一礼，听说毛苌先生训诂、传授《诗经》，特来讨教。

王爷？我的膝盖差点儿软了下去，是白鼻子关键时刻帮了我的忙，它用身子支住了我的膝盖。随后刘德也搀住了我，先生不必多礼，叫我刘德就是了。只要你让我看看你的《诗经》，就是对我国最大的礼，我想封你为《诗经》博士，进王府随从本王，不知意下如何？

我沉吟了一会儿说，我想想，你让我想想。

好的，先生自然应该想想。但现在已到用饭的时间了，我陪先生喝两盅吧，说实话，这些年了，我还真没闻到这么香的味呢？刘德一转身，从袖口里摸出一小坛酒，来，先生，这是我来河间国那一年，父皇赠予我的御酒，你尝尝吧！

还没等我放桌子、上肉，刘德就打开了小酒坛，酒香迫不及待地跳出了坛子。我听到白鼻子叫了一声，瘫软在了我的脚下。哈，我还没品酒，白鼻子就先醉倒了。真是没出息。

那天肉吃了，酒喝了，人醉了。我还在想刘德的话。我能不

鱼
图
腾

好好想想吗？自从秦始皇焚书坑儒以后，我的叔父毛亨带着孔子删定的《诗经》原本，从鲁地惶惶地出逃，一路上边背诵着诗文，边扔掉笨重的书简。他拼命向北，逃到荒僻遥远而又水草丰美的河间国武垣县，在乡下居住了下来。他在村北筑起了一座大坟，然后躲了进去。凭着鲜活的记忆，他先是把《诗经》一首一首地写在坟墓的四壁上，然后再一个字一个字地刻在木牍上，重新编辑校注，才有了后来的《毛诗故训传》。叔父的诗书到死也没有见过天日，临终前他把书稿和遗憾一起交给了我，他说，苌儿，新帝登基，挟书律撤销了，你可以……可以开馆讲经了。就这样，我把他的经义从地下搬到了地上。搬到地上不久，刘德就找上门来了。虽然我知道刘德在招徕四方学者，尽求天下善书，竭力兴修礼乐，但我仍有顾虑。王爷就是王爷，焉知不是以斯文来装扮自己，韬光养晦呢？有朝一日朝廷再次翻脸，遭殃的还不是斯文自己？所以我得好好想想。

后来，刘德又一次找上门来了。这次不是他自己，而是带来了王府的一群人，还有不少车马工匠和建筑材料。他指挥着人们，拆掉了我的柴扉和草房，还把我煮兔肉的那口锅搬到了院里。我知道大祸临头了，我带着白鼻子躲进了我叔父建造的坟墓里。

数日以后，刘德找到坟墓里来了。又是白鼻子带的路。我不知道白鼻子和刘德的渊源，但我知道白鼻子出卖了我。狗东西，真正的狗东西，看以后老子怎么收拾你？我会像煮兔子一样把你煮着吃了，然后让刘德拿瓶酒来，吃着你的狗肉，喝着刘德的御酒。看你还带不带路？

但眼下还不能吃它，刘德的火把就亮在了我的眼前。我已毫无退路。刘德跳进了坟墓。他的火把燃亮了坟墓四壁。叔父刻在四壁上的经文在火光里有了生命，一个一个的汉字拥挤着，峥嵘着蹦到了刘德的眼前。"关关雎鸠,在河之洲……""击鼓其镗,踊跃用兵……""桃之夭夭,灼灼其华……"……

刘德惊呆了。好长一段时间,他才发出了一声呐喊,太神奇了!

王爷,我走近刘德,想解释什么,但刘德拦住了我,毛苌先生,你才是王爷,你是《诗经》的王爷啊!跟我走出坟墓吧,你去看看,我已经把你的草屋建成了招贤馆,从此你可以名正言顺地开馆讲经、传授弟子了!

我没有理由不接受刘德的王令。我走出坟墓,进了招贤馆,后来又进了河间国都乐城王宫。我带着白鼻子当了《诗经》博士。再后来,我推荐了贯长卿为《左传》博士,又帮助史丞王定修订了《礼乐》。一时间,王宫里古书充栋,群儒咸至,每日读经诵典之声琅琅,数里可闻。

斯文当道,王国鼎盛。刘德想到了长安,想把这种鼎盛带给长安。所以刘德决定带我去长安朝拜当今天子刘彻。在长安,我们献了经书,献了《礼乐》。刘德又在三雍宫和董仲舒等朝臣商量对策。我真正领略了刘德的智慧、才华和思想。我知道刘德期待着大汉文化复兴,王道推行,大同实现。除此,他别无所求。

刘德最后等来了皇帝加皇弟刘彻的召见。刘彻让刘德与他一起坐在了龙椅上。刘彻又一次叫了声皇兄,然后握住了刘德的手说,河间国虽小,但是皇兄贤德啊,如商汤、周文王一样贤德,不如,皇兄现在就做了大汉皇帝吧!

刘彻的话音未落,我看见刘德已经从龙床上滚落下来。

我们急匆匆返回河间国。看到刘德的样子,我想起了叔父急匆匆从鲁地逃出的样子,此刻,他们像极了。

刘德再不去我的招贤馆了。他遣散了众儒,歇息了诵读,从长安请来了宫廷酿酒师,开始大肆酿酒。整日喝得酩酊大醉。然后,然后就是去后宫厮混。

建元六年春正月,也就是我们从长安回来的四个月后,斯文而好酒的刘德薨于乐城。我的招贤馆也正式关闭。

秋 风 台

人们都叫我徐夫人,一个很女性的名字。但我是把匕首,是天底下最锋利最有毒性的匕首。

我是徐夫人铸造的。徐夫人也不是女性,他是个顶天立地的壮士。可惜他已经死了。他是闻名战国的铸造师。铸造师是不应该参与政治的。所以徐夫人造出我来,就跳进了铸造炉里。在他融化的短暂过程中,他的灵魂就移植到了我的身上,我也就成了新的徐夫人。

我被燕太子丹从赵国带到了燕国,交给了荆轲。我知道荆轲是另一个壮士。但我来到燕国,看到的却是另一个荆轲。他那时候已经被太子丹拜为了上卿,整天住豪华公馆,食美味佳肴,赏珍奇玩物,阅天下美色。这真让我有些怀疑他壮士的身份。我甚至认为他是一个蹭吃蹭喝的高级食客了。

但太子丹好像很有耐心,整个夏天,他就陪着荆轲,纵容着荆轲。那天,在白洋淀畔的易水河边,划船累了,荆轲把我放在了一株柳树下,然后跷起长腿枕着一把蒲草就呼呼睡去。太子丹守在他的身旁。雨后的蛙鸣像潮水一样袭来,搅了荆轲的好梦。荆轲拾起瓦片向河里投去。蛙声还在继续。荆轲恼怒地起身寻找瓦片，没有找到。一抬头，太子丹捧来了一堆金瓦。他毫不犹豫地把金瓦全部掷进了河里。那蛙声立即止住了。荆轲拍拍手，又兀自睡去。

游玩结束，离开易水河，他们骑着千里马返回蓟城。行到半路，荆轲对太子丹说，前面有个饭店，吃点东西再走吧，我的肚子饿了。丹说，荆上卿想吃什么呢？荆轲下得马来，伸伸懒腰，这乡村小店，随便吃点吧，看看有没有新鲜的马肝，那玩意儿很下酒呢！

果真还有马肝，果真那马肝的味道很鲜美。荆轲就多吃了一些，多喝了一些。我在荆轲的腰间随着他的身子不停地晃动，连我都被晃醉了。等我和荆轲晃到饭店门口的时候，一辆马车早已等在了那里。荆轲说，不坐车，我骑马，把那匹千里马牵来！太子丹说，千里马已经埋了，他的肝现在就在你的肚子里！

荆轲没说什么，依然摇晃着坐上了马车。

回到蓟城，太子丹又设宴华阳台，还把荆轲的市井朋友高渐离请来了。酒至酣处，高渐离击鼓而歌。荆轲拦住了高渐离，我整天听你的鼓声，早就烦了，你歇会儿！太子，来点新鲜的怎么样？

很快，太子丹就把虞美人叫来了。虞美人献上了一首易水谣。荆轲听着曲子，眼睛盯住了虞美人那双细腻灵巧的手，那手十指尖尖，毫无瑕疵，熠熠生辉。他不禁赞出声来，好！丹就笑着说，虞美人，你以后就专门为荆上卿弹奏吧！荆轲摆摆手，涨红了脸，不不不，太子，我哪能夺人所爱呢？我是说虞美人的那双手好，真是太好了，没有这双手，绝对不会有这样动听的音乐！

宴会结束了。荆轲带着我返回公馆。茶桌上，太子丹早命人

鱼
图
腾

准备好了茶点。荆轲揭去了茶点上面的玉巾。令荆轲意想不到的是,一双手鲜活地露了出来。我认识,那是虞美人的手。

玉巾就在荆轲的手里慢慢地飘落在地,那玉巾我想还会飘落千百年。就在玉巾飘落的时候,我看见荆轲的嘴角抽动了几下。似乎有话要说,但没说出来。可我已经读懂了他的嘴角,他是想说,是时候了……

夏尽秋来,真的是时候了。太子丹已经沉不住气了。秦军大将王翦已经攻破赵国,屯兵白洋淀边。大兵即将压过燕境。樊於期的头颅拿到了,燕地督亢地图准备好了,助手秦舞阳报到了。我也已经被浸了剧毒。为了验证毒效,丹还拿囚犯做了实验。他用我划破了囚犯的皮肤。那个倒霉鬼只留出了一丝血,就无声无息地去了他早晚要去的地方。

现在,我就躺在那个黑色的匣子里。包裹着我的是那张燕地督亢地图。在另一个红色的匣子里,躺着的是樊於期的人头。我在匣子里亢奋地跳跃。我把匣子弄得啪啪作响。

我知道,太子丹已经把荆轲送到了易水河畔的秋风台。秋风激荡,天空昏暗,前途漫漫。荆轲慢慢地走上了秋风台。他望望卫国的方向,那里是他的家乡。他望望燕国的方向,那里是他客居的地方,是太子丹收留了他,给了他做大英雄的机会。他又望望脚下的易水河,他看见了他投掷在河里的金瓦……蓦然间,他一抖战袍,一伸脖颈,发出了前所未有的呐喊:风萧萧兮易水寒,壮士一去兮不复还……

秋风台下的好友高渐离流着眼泪拼命地击筑和之,穿着白色衣帽的太子丹和送行的人群哗啦啦地跪成了一片。

荆轲歌罢,抱起两个匣子,连看也没看秦舞阳一眼,就上了车子。车子向西绝尘而去。我在兴奋地颠簸,听到了荆轲喃喃的自语,太子,你太心急了,我在等一个人,那个人还没到啊!

我们到了咸阳,去刺秦王嬴政。但我们没有成功。秦舞阳退了。荆轲死了。他先是被秦王刺中左腿,然后就是被肢解了八段。其实荆轲可以刺杀秦王的,但他只是割下了秦王的半截衣袖。其实我也是可以刺杀秦王的,因为我有徐夫人的魂灵。但我只是脱离荆轲之手穿过秦王的耳畔,深深地扎在了那个铜柱子上。

来到了秦国,我才明白秦王是刺杀不得的。荆轲为了报答太子丹,不得不走这一遭。而我,为了成就荆轲,不至于让他成为千古罪人,我只能成为千古罪刃!

就在我扎进铜柱的那一瞬间,我恍惚听到了易水河哗哗的水声和秋风台飒飒的风声,我终于明白,荆轲等待的那个人,其实是太子丹,是另一个太子丹,是能够让燕国强盛于秦的太子丹。

鱼图腾

断 魂 筑

自从荆轲死了之后,高渐离再也没有摸过我。他把我装进箱子里,悠悠地对我说,燕国不保了,我们该离开这里了。我听见有东西噼里啪啦地砸在箱子上。直到那东西顺着箱子的缝隙滴在丝弦上,濡湿了我的身体,我才知道那是高渐离汹涌的泪水。

果然,秦国大军像旋风一样扫过燕国。他们的旋风是向北刮,我和高渐离是向南逃。他带着我爬过他故乡范阳城的残垣断壁,涉过血水流淌的易水河,来到白洋淀边的秋风台。那时,秋风台已经被炮火掀去了半边。我感觉，高渐离的脚步在这里停顿了好久。往事如昨，高渐离和太子丹送别荆轲的场面连我都记忆犹新。我发出的高亢悲壮的音律在这里曾经撼动了那么多人。那是我迄今为止最痛快淋漓的呐喊。呐喊完了，我开始疲惫地歇在高渐离的行李箱里。作为一把筑，我除了听命于高渐离的手指，发出不同的音律，我还能做什么呢？

来到了宋子城，我们就听到了太子丹被他的父亲割掉头颅献给秦国的消息。高渐离拍着行李箱，拍着我昏睡的身体，嘶哑着嗓子说，燕王割掉的不仅是太子丹的头颅，他割掉的也是他自己的头颅啊！高渐离的话很快就得到了应验。秦国大将王翦的儿子王贲把燕王从蓟城追到了辽东，硬是生生地把他的头颅揪了下来。太子丹的头颅掉了，王的头颅掉了，燕国天空的星辰也掉了。

我和高渐离不能再往南逃了，逃到哪里看到的都是秦国的星辰。我们在宋子居住了下来。高渐离做了一家酒楼的酒保。他的名字改成了燕惜。我就被燕惜安排在他那简易得不能再简易的床底下。虽然我动弹不得，但每天我又都在跟随着他。我是他的影子，一个曾是天底下最好的乐手的影子。我随着他端盘上菜，刷盘洗碗，砍柴劈木。我眼睁睁地看着他的一双调琴弄筑的纤手变得粗糙皲裂，骨节粗大。看着他的心在一点一点破碎开来，我躁动不安。我在箱子里激烈地扭动自己颈细肩圆的身子，我的十三根铜弦铮铮作响。我觉得那简易的床铺也在我的响声中摇晃。我停止不下自己。直到中间那根长弦在燕惜沉重的叹息声里砰然抻断，我才有了暂时的安静。

燕惜停止叹息是在那个月明星稀的夜晚。那晚他破例多喝了几杯冰烧酒，正要回房休息，却听到了一阵久违的筑声隐隐传来。他循着筑声挪动着脚步，他的褴褛的衣袂很快就飘到了主人

全民微阅读系列

家的堂前。那是一个咸阳来的客人在击筑。堂下一群人正侧耳细听。一曲终了，众人鼓掌赞叹。燕惜却不合时宜地嘟哝了一声：好是好，就是差了一些东西！

差什么东西呢？主人和客人把燕惜请到了堂上。燕惜说，客人的筑声是从琴弦上弹出来的，只能悦人耳，还不是真正的音乐。真正的音乐是悦人心，是从心底里发出来的！客人把筑一下子就掷到了他的脚边，那你弹一首真正的音乐给我听听！

燕惜一脚就把那筑踢到了堂下，然后一个漂亮的转身，走了。他从床下掏出尘封的我，然后换上了那身在燕国朝廷穿过的华丽衣服，整容净面，回到了主人堂上。在众人惊诧的目光里，修颀俊逸的燕惜左手按住我的头部，右手捏着竹尺，优雅而娴熟地一击，我渴盼已久的身体顿时生动起来，震颤着发出了一声贯穿天地的妙音。众人的心一下子就被击昏了。昏迷的心不会死去，它们注定还会被持续的筑声唤醒。一阵高亢的筑音穿过，接下来就是激越的旋律。我和燕惜都不由自主地唱起了那首荆轲曾经唱过的《易水歌》：风萧萧兮易水寒，壮士一去兮不复还……

好！主人、客人还有堂下的听众禁不住欢呼起来。燕惜却流着泪嘟哝着，好什么好，这十三根铜弦还断着一根呢！

那个夜晚过后，我没有再回到箱子里。我重新回到了燕惜的怀抱。我们又变得形影不离了。我们搬出了那家酒楼。燕惜对我说，不怪那几杯冰烧酒，该是离开宋子的时候了，有人在等我们呢！

谁在等我们？是嬴政。不，应该叫他秦始皇，他现在已经统一六国了。战鼓声已经远离了咸阳宫，现在这里需要音乐，需要音乐来粉饰装点大秦的一统江山。我和燕惜就做了秦始皇的宫廷乐师。秦始皇要让燕惜作一曲《秦颂》，只是在进宫之前，他让

鱼
图
腾

人用马屎熏瞎了燕惜的眼睛。其实,燕惜的眼睛根本不用熏了,他基本上已经为荆轲哭瞎了。

与秦始皇面对面的时候,我才知道他不但懂战争,懂政治,他还懂音乐,懂我。当我在燕惜的手下发声委婉的时候,他微笑。他满足于君临四方、威加海内,帝王大业从此开始。当我发声慷慨的时候,他朗笑。他得意于普天之下莫非王土,率土之滨莫非王臣。当我发声激昂的时候,他狂笑。他感叹一个曾经的私生子,终于统一了天下所有的声音,终于让天下最好的乐师最美的乐曲为他而奏。他狂笑着,受了我声音的吸引,一步一步地走向燕惜,走向我。他俯身想从燕惜的手里拿过我,然后自己弹奏。而这时,我却发出了铅一样沉钝的声音。我灌满铅的身子在燕惜的粗糙大手里化作一道闪电,飞快地向秦始皇砸去……

应该说我是长着眼睛的,但我的眼睛终究不如人的眼睛,更何况是秦始皇的眼睛。他那比闪电还快的眼睛帮助他的头躲过了这致命的一击。我和沉重的铅块跌在大殿,整个身子霎时七零八落。我成了一把断魂筑!

燕惜在秦始皇的剑下一动不动。我奇怪他的盲目里竟然还有眼泪,竟然还有铅块一样的眼泪汩汩而出。

燕惜被秦始皇送上了绞架。我的七零八落的残骸也被他聚拢起来,放在了燕惜的脚下。秦始皇拍拍燕惜的肩膀,轻声地说,我早就知道,你不是燕惜,你是高渐离!熏瞎你的眼睛,是想让你专心音乐,可你却偏偏参与了政治!

燕惜抬起头,冷笑道,不,我不是高渐离,我是荆轲的影子,我也是燕国的影子!

易 水 殇

　　我是姬丹,是燕国的太子,但我是一个死去的太子。我的父王姬喜割下了我的头颅。

　　燕王喜是听了代王嘉的话才决定割下我的头颅的。嘉是赵王迁的侄子。赵王迁在邯郸城破的时候就被虏去了咸阳,嘉孤身一人逃到了代郡,又做了王。秦将王翦穷追不舍,一路索命打到了易水河畔。惊魂未定的嘉就派人求救于燕。父王当时还犹豫不决,是我说服了他,他才同意从蓟城发兵易水河的。但是,秦国早有准备,他们这次是铁心要把代及燕一起吃掉的。我们注定抵挡不住秦国的虎狼之师。易水河畔的代、燕防线脆弱得像白洋淀边的一株老柳,很快就树倒枝残了。代、燕兵败,蓟城陷落。我们只得远遁辽东襄平。

　　父王又一次把罪责记在了我的头上。他指着我的鼻子破口大骂,你这个不成器的混蛋!让你在秦国当人质,你偷跑回来;让你刺秦,你刺来了秦国大军;让你联代,你联来了京城不保。引火烧身,自取灭亡,竖子不足为君,我要废了你的太子……

　　我愤愤地退出了父王的临时行宫。父王大大地伤害了我。这几件事是我姬丹心底里的痛。我也是抱定重振强燕大志的王子,怎么能长久在秦国做人质,忍受我一向看不起的嬴政的侮辱呢?我从没有认为刺秦刺错了,也从不认为是我招来了秦国大军。嬴政的野心昭然若揭,他必然要诛灭六国。刺杀了他,燕国还有一线希望，还能够东山再起。刺杀不了，燕灭于秦，是迟早的事。至于联代抗秦，那也是保卫燕国啊！唇亡齿寒，代郡不保，燕国何存？可关键时刻那个该死的嘉带兵逃回了代郡，剩下燕军孤掌难鸣，焉有不败之理？可这些，父王怎么就不能明察呢？唉，看来父王是老糊涂了！

我把我的一腔苦水统统倒给了太傅鞠武。这些年来，只有他坚定地站在我的身后。他是我姬丹的影子，过去是，现在也是。太傅的智慧就像他长长的胡子，他总是能够击中要害。太傅说，太子啊，你的处境艰难呢！以你父王对皇权富贵的眷恋，他是不可能尽快把燕室江山交给你的。即使交给你，一个行将就木的国家又有什么意思呢？你不要等待了，要想实现你的理想，必须当王，必须让你父王退位！

他要是不退呢？我说。

那就杀掉他！鞠武把他的胡须抟下了一根。

我打了一个寒战。樊於期自刎的时候，我没打寒战；田光自杀的时候，我没打寒战；荆轲被诛杀的时候，我也没打寒战。如今听了太傅的话，我打了寒战。我拼命地摇头，不，杀父弑君的事情我不会干！

那你就会被杀！鞠武说完这话，吹落他掌上的胡须，走进了辽东血红的残阳里。

我不相信父王会杀我。虎毒不食子，何况我是太子。我还要向父王进谏，我还有复兴燕室富国强兵的宏大计划。王翦老了，仗也快打不动了，只要他退兵，不需两年，我就会重新杀回易水河畔的。那时候，强大的燕国之梦，强大的中原之梦就不单单再是梦！也许统一天下的不是赢政，是我姬丹啊！我从没有认为我比赢政差！

然而，秦国换来了年轻骁勇的李信。李信的到来，打破了我的梦想。在父王的恐慌里，我又一次带兵出战。在衍水，我遭遇了李信的火攻。我躲到冰凉的水里，才幸免于难。走上岸边的时候，我仰天长叹，既生丹，何生政？

李信包围了襄平城。父王派人向代王嘉求救。嘉没有发兵，却发来了一封信。信中只有六个字：杀姬丹，围可解！

父王大骂，无耻的嘉，猪狗不如的嘉，你如此背信弃义，退秦后，我一定先灭了你！骂完，父王把嘉的信烧为灰烬。

然后父王就派人来我栖身的衍水桃花岛请我回宫。父王要和我商议退秦之计。鞠武不让我去，可我还是去了。父王已经答应我，退秦之后就让我继位，你说我能不去吗？

在父王重又修葺一新的王宫里，他安排好了丰盛的酒席，拿出了燕国宫廷上等的冰烧酒。他还叫了几个绝色的宫女舞蹈吟唱。我真服了我的国王父亲，到这个时候了还如此讲究排场。不过，我原谅了他。就让他再欢乐一回吧，过不了多久，坐在他那个位置上的就是我姬丹了，我一定做一个励精图治的好国王。

那晚，父王以他少有的慈爱温暖了我。我就多喝了两杯，在一个宫女温软的香怀里昏睡了过去。

等我醒来的时候，我已经身首分离了。我的身子不知去向，我开始清醒的头颅被父王装在了一个黑色的松木匣子里。就是那次我装樊於期将军头颅的那一种匣子。我彻底明白：父王到底还是听了代王嘉的话。为了保住他的头颅，就设计割下了我的头颅。

我听到了母后的哭声，听到了王宫的哭声，也听到了整个辽东的哭声。在哭声中，我的头颅被送到了李信的大营。

李信暂时退了兵。他要亲自护送我的头颅到咸阳，去向那个想我想得快要发疯的嬴政复命。他估计自己这次肯定要加官晋爵了,说不定他要取代王翦的位置了。

但我绝不会让李信成功的。当李信载着我头颅的战车来到白洋淀边易水河畔的时候,我的头颅在一阵巨大的颠簸中突然轰鸣着破匣而出,像鹰一样飞向了天空,颈下的鲜血泼洒成一面猎猎的战旗。我睁圆双眼最后看了看燕国千疮百孔的土地,一头扎进了流水汤汤的易水河。我知道,这里有樊於期的头颅,有田光的头颅,还有荆轲的头颅。他们已经等我多时了。

蓼 花 吟

我随何承矩一到雄州,就被白洋淀的蓼花迷住了。

那是一种小巧而不张扬的花,茎叶纤细,花苞艳丽,成片成片地开在淀水里,开在洲岛上,开在北国的秋风里。碧水、蒲草、芦花,被蓼花晕染出灼灼的嫣红,如果不是契丹人的战火,恐怕连雄州城和瓦桥关都迷离在蓼花无边的花影之中了。

何承矩也迷蓼花。他是雄州知州,更是诗人。所以他到雄州不久,就召集州县所属官员和当地文人,大张旗鼓地来白洋淀观赏蓼花了。

在巨大的彩船画舫上,一船人把酒临风,雅兴大发。何承矩很快填好一首词,又把一枝蓼花插在我的头上,对我说,斯兰,你把我的词唱给大家听吧!

我像青烟一样飞到了船中央的平台上,轻舞长袖,曼卷裙裾,头戴蓼花,手翘兰花,在古筝之声里唱起了这首《蓼花吟》:莲叶雨,蓼花风,秋恨几枝红。远烟收尽水溶溶,飞雁碧云中……

我的歌声赢得了大家阵阵喝彩。有人站起来唱和:一渚蓼花携手处,粉煦青柔。萍水不长留,各自悠悠……

还有人应答:水之涯,蓼花开,得鱼换酒来。荷之洲,芦花宿,白洋月落处,不脱蓑衣酣睡足……

何承矩和着大家的吟唱,走向平台,把我拥进怀中。我仿佛又回到了东京汴梁。那时,我在酒肆茶楼间陪舞卖唱,是何承矩把我赎回家中,教我写诗诵词,我才有了知音。后来他成守边关,我义无反顾地随他出征。本来我想歇了歌喉,做一个贤德的女人,好好照料他的饮食起居,没想到在白洋淀的蓼花丛里,我又控制不住自己的嗓子了。在何承矩开心的怀抱里,我流出了幸福的泪水。一船人围绕着我俩,以蓼花为题,尽情吟唱,直吟得花开花又谢,直唱得水落水又涨。

咣当!正当大家如醉如痴的时候,一个人掀翻了酒桌,把吟唱弄得戛然而止。那人是益津县令黄懋。只见他双手抱拳,大声嚷道,何大人,辽贼觊觎大宋已久,雄州危在旦夕。大人上任伊始,不思对敌之策,却做逍遥之游。素闻大人清正廉明,没想到也是贪图享乐之辈啊……

啪!何承矩的脸上挂不住了,放开了我,将手里的酒杯狠狠地摔在地上,黄懋,你口出狂言,败我酒兴,真是大胆。来人,拖下去,把他关起来!

黄懋被押下去了,大家继续吟唱。彩船画舫向白洋淀深处行去。

何承矩放出黄懋是在三天之后。他亲自把黄懋送到益津县,悄悄地对黄懋说,黄县令,你受苦了。我何某绝不是贪图享乐之辈。辽军屡犯边境,边民耕织失业,田地荒芜,供给困难,我早有贮水围堤以御敌骑、屯田种稻以供自给的想法。但恐怕谋划泄露,无奈才唱了一曲《蓼花吟》啊!

何承矩又拿出一个奏折和一卷图册,交给了黄懋,黄县令,这是我给圣上屯田种稻的奏折和我亲自绘制的白洋淀地形图,就劳烦你再辛苦一下,去京城面呈圣上吧!

黄懋单腿点地,双手举过头顶,小的错怪何大人了,还望赎罪!

何承矩哈哈大笑,你哪里有罪?你帮我把戏演得那么好,我还要向圣上举荐你呢!我知道你是闽南人,种稻的事情还得靠你啊!

太宗皇帝准奏的圣旨很快就下来了。何承矩被任命为制置河北延边屯田使,黄懋为屯田副使。

屯田戍边的战役打响了。何承矩发动雄州、鄚州、霸州等地驻兵一万八千人,沿白洋淀边修成了长达六百里的堤堰,在淀内挖成了若干条河道,堤内是湖泊,堤外是耕地。堤口设置闸门,可引水灌溉。河道可以御敌,耕地可以种稻。白洋淀真正成了鱼米之乡。

不想,这件事情到底让辽国知道了。契丹大将耶律阿海率领一万骑兵在中秋之夜打到了雄州城下。何承矩命黄懋坚守城门,然后带着我和几个随从悄悄地上了一条小船。在白洋夜月里,在蓼花成熟的浓郁的芳香里,我们的船飞快地划行着。船上渔火点点,何承矩身披蓑衣,头戴斗笠,在船头竖起那架古筝。随后拿出一只酒葫芦,喝了几口,然后低头抚筝。筝声硬朗激越,穿空而去。我斜倚着何承矩,一抹洁白的长袖飘过他的斗笠。那首《蓼花吟》就在他的斗笠上飘过:莲叶雨,蓼花风,秋恨几枝红。远烟收尽水溶溶,飞雁碧云中……

何承矩在船上!辽军阵里有人呐喊。耶律阿海就停止了攻城,率领骑兵循着筝声和我的歌声追了过来。他们没有放箭,他们想活捉我们。他们下了河堤,穿过河道,追着我们的渔火而来。没想到,淀里河道越来越宽,越来越密,越来越深。在草原上驰骋纵横的战马很快就都陷在了草泽之中。何承矩的筝声骤然停歇,他命令随从放了一枝闪亮的响箭。不久,就听见雄州城门洞开,黄懋率领守城之兵一路啸叫着追杀而来。白洋淀里一时箭羽如蝗,炮声轰鸣。耶律阿海的骑兵全军覆没。他自己也成了黄懋的俘虏。

我扑在何承矩穿着蓑衣的怀里,我崇拜极了这个男人。我斯兰不但见证了他作为诗人的文才,我还见证了他作为知州的将才。我想,我不会放弃这个男人,不会离开这个男人,我一定要陪他一生一世,一直到死。

后来我的愿望真的实现了。宋太宗驾崩后,宋真宗即位。他中了辽国间谍、枢密使王钦若的离间计,把何承矩调离雄州,降为齐州团练使。上任的第六天,何承矩就吐血而死。

我护送着何承矩的灵柩返回东京。路上,我含泪唱起了那首《蓼花吟》:莲叶雨,蓼花风,秋恨几枝红。远烟收尽水溶溶,飞雁碧云中……

歌声中,一群风尘仆仆的雄州百姓哭泣着来为他送行。

扁 鹊 之 死

扁鹊终于来到了秦国。

来到秦国的当天,他就被太医令李醯请进了咸阳宫。

李醯是奉命请扁鹊给秦武王治病的。正值盛年的秦武王本来要出征韩国的,可突然面部长了一个肿瘤。这使他平定战国诸雄的计划不得不往后推迟。太医令李醯久治不愈,武王大为恼火。李醯情急之下,连忙休书一封,火速派人邀来了在齐国行医的扁鹊。

扁鹊进宫,没有看传说中暴戾的秦王,只看见了那颗长在耳前目下的肿瘤。扁鹊对着肿瘤说,无妨,很简单,我用砭弹手术即可除掉的!

秦王不语,群臣大哗。李醯趋前一躬,对扁鹊和秦王说,此疾长在近眼之处,万一手术不成,大王就可能耳不聪目不明了。

扁鹊摇摇头,收拾了药石器械,转身欲走,秦武王急忙起身,一把拉住了扁鹊,用秦国人所不曾见到的温和的语气,说,先生莫走,寡人同意手术!

手术很顺利。不久秦武王病愈。病愈的秦武王再一次把扁鹊召进了咸阳宫。武王说,先生,寡人想让你留在秦国,寡人的大业需要你啊!

扁鹊手捋长髯朗朗一笑,大王,民间的百姓更需要我,我是属于天下人的。再说,李醯的医术足可以帮你平定天下的。

扁鹊在又一次医好了武王的举鼎伤骨之后，准备带着弟子子仪、佚妹夫妇离开秦国。临行那天，太医令李醯置酒为扁鹊师徒饯行。李醯连敬扁鹊三碗秦国老酒，然后扑通一声跪倒在地，你一路走好啊！

李醯派人护送扁鹊师徒出了咸阳城。

医途慢慢，转眼已是秋天。扁鹊行医来到了崤山脚下。过了崤山就是魏国，魏文王已派人在山那边等候了。扁鹊想，治好魏文王的病，我就该回郑州，回白洋淀老家了。我已经出来太久了。

师徒三人正要过山，却见山脚下茅草房里蹒跚走出一个满脸皱褶的老妪。老妪颤巍巍地说，先生，我家老汉病了，很重，已经几天水米不进了，求你们给看看吧！

扁鹊停止了上山的脚步。他让子仪夫妇先过山，自己急忙随老妪走进了黑漆漆的茅草房。那生病的老汉头发蓬乱、脸色蜡黄、披着破被坐在床沿。扁鹊伸出右手正要给病人把脉，冷不丁却被病人抓住了，而且扣住了脉门，同时，一柄尖刀抵住了他的心窝。

终于等到你了，扁鹊先生！病老汉甩掉破被，抹下假发和脸上的伪装，声音坚硬地说。

你是刺客？扁鹊平静地问。

是的。刺客爽快地答。

我和你往日无冤，近日无仇，你为何要杀我？扁鹊那双能透视病情的眼睛像针一样扎过来，刺客的眼睛就收缩痉挛了一下，我……我杀你不为冤仇。

那就是秦武王派你来杀我的了，我没有答应侍奉他，他一定恼恨于我了。扁鹊抽了抽手，抽不动，反被刺客往怀里拉了一下，锐利的刀尖刺破了扁鹊的衣服。

不是武王，武王想杀你，你出不来咸阳宫的，刺客握刀的手颤抖了。

这就怪了。要离刺杀庆忌，是因庆忌制造内乱；专诸刺杀王僚，是为争权；豫让刺杀赵襄子，是为报仇。想我扁鹊一介布衣，凭医术周游列国，普救苍生，既不争权夺势，也无恃宠篡位，谁要杀我？

刺客说，是你自己！想先生精通望闻问切，救赵简子，生虢太子，识病齐桓侯，医治秦武王，针石如神，名冠诸侯。别人所不能而先生能，先生以为这是好事，还是祸事？

一阵秋风刮进了草房，几片树叶扫在了扁鹊的脸上。扁鹊禁不住咳嗽了一声，刺客的刀子就扎进了扁鹊的肉里，如此说来，是李醯派你来的？

刺客点头，扣住扁鹊脉门的手，用了点力道，先生，李醯是怕你夺了他的太医令啊！

扁鹊又咳嗽了两声，刺客的刀子就刺进了扁鹊的心窝。神医的鲜血就顺着淬毒的刀子涌了出来。

你知道我和李醯有什么渊源吗？扁鹊忍着疼痛，望着刺客，眼睛分明黯淡了光芒。

天下人都知道你们是白洋淀老乡，是师兄弟，年轻时一起师从长桑君的！

可你和天下人都不知道另一层秘密，这是我们的约定。我和李醯是同母异父的兄弟！他杀了我，秦武王不会饶他，家乡人不会饶他，天下人不会饶他，历史也不会饶他，这等于是他杀了自己啊！

刺客一惊，欲抽回刀子。可晚了，扁鹊已经扑倒在了床沿上。

草房外，响起了急促的脚步声，是子仪、佚妹带人下山来了。

1858 年的歧口

这是一个尘封已久的故事。我知道这个故事一旦公之于世，我将由一个懦夫变成一个英雄。之所以沉默这么多年，是因为我相信真的英雄不应站在岸上，不应享誉在人们的赞美歌颂里，而应沉在海底，沉在真实的历史中。

我刚刚运到歧口炮台时，威风凛凛：硕美的身材，乌黑的炮口，结实的炮架……我昂首在 1858 年浓烈的阳光和强劲的海风中，身上的红绸缎在海风里飘扬如旗。那时人们叫我"二将军"，我在歧口的南岸。北岸有我的哥哥"大将军"。我们兄弟两遥遥相对，雄风相逼，一时成为歧口的话题和风景。

涨潮了。海浪声里，常混杂着炮声从深海传来。我身下有着丝丝的颤抖，炮膛有一股类似血液的东西在滚滚奔腾，一直滚到了炮口。我感觉一场战争正悄悄地降临。

果然，一个船队在又一次涨潮中出现了。那是英法联军的船队。本来我应该及早发现的，但我没有。昨晚守护在歧口哨所炮台的鹿哨领从城里带回了一个烟花女子。他们骑在我的身上喝酒耍乐。斟酒伺候他们的是一个叫作陶马的兵丁。陶马是歧口人，是他的老爹把他送上炮台当兵的。那个叫陶牛的老人去深海捕鱼，被一艘外国军船抓去，放回时已失去了双手。渔民以手捕鱼，没有了手，就等于没有了生存的依靠。陶牛脸上的皱纹更深了，像海滩被人挖出了道道海沟。炮台建起来的那天，陶牛就把陶马带来了。老人迎着海风靠在了我的身上,悠悠地说,儿子,我要你学会放炮! 可陶马没有学放炮,而是被鹿哨领收为了勤务兵。那晚,陶马一杯一杯地倒着酒,鹿哨领和那个妖艳的女子就一杯一杯地喝着。鹿哨领把酒灌进了肚里,女子把酒洒到了我的炮口。当女子唱起撩人的烟花小调时,我已醉眠在漫漫长夜里了……

我醒来时已经太迟了。我已能看见船头上洋毛子们的尖嘴猴腮和涂着蓝靛水一样的眼睛,还有他们手里的望远镜。我扯着嗓子大吼,鹿哨领,快弄炮弹来啊! 我喊了十几声,鹿哨领没来,陶马和几个兵丁来了。陶马拍着我的炮身嘟囔着,鹿哨领和那女人跑到城里去了,你说这炮弹怎么装吧?

我还没有回答,就听见了一声炮响。我看见歧口北岸我的哥哥"大将军"吐出了一枚炮弹,又吐出了一枚炮弹。长毛子的一艘船就起火了。于是,我焦急地说,我帮你们吧! 我就哗地把炮膛自动打开,唰地把炮信子自动弹出。陶马他们把炮弹推上了膛,把炮口调向了最前面那艘外国船,点上了炮信子。

炮信子哧啦哧啦地燃烧着,一直燃烧了半袋烟工夫,还不见炮弹出膛。我用炮膛中的敏感细胞感觉到炮弹与炮信子无法连接,因为这是一枚臭蛋。

陶马他们立即换下了这枚炮弹,又换上了一枚,还是臭蛋,再推上一枚,还是不响。他奶奶的,我骂了一声! 他奶奶的,陶马也骂了一声!

骂声里,一枚炮弹尖叫着落在了歧口,炮台被掀去了半边。陶马他们的脸被熏成了黑炭,还有暗红的血从额头上渗出。硝烟未散,有一群人从歧口村跑来了。前面是摇摇晃晃的陶牛。他们有的手里拿着刀叉,有的拿着长矛,还用网兜子兜来了一堆火药。

陶马跑上去扶住了他爹,号啕大哭,爹,炮弹不响啊! 陶牛咬了咬下唇,咬出了两个血淋淋的汉字,奸商!

陶牛走上炮台,看了看我洞开的炮膛,望了望越来越近的长毛子的战船,发出了撕裂空气般的声音,乡亲们,上火药——

轰——歧口渔民自制的土火药和着沙子石块从我急不可耐的胸膛里喷出去。然而却没能够击中目标。

又有几发炮弹从长毛子那里射来。整个炮台都坍塌了,一群人也倒在了血泊里……

狞笑着的长毛子爬上了歧口。海滩上他们的脚印像熊迹。他们把我从沙堆里扒出来,蹬着、踹着、嘲笑着。然后,抬起我放上一只小渔船。他们想把我当作战利品带回他们的国家去。

我怎么能跟他们走呢? 我为咸丰皇帝而耻辱,我为鹿哨领而耻辱,我为我自己没能发出一枚炮弹而耻辱。我怎么能把这失败的耻辱带到国外供人展览呢? 我必须留下来,即使被人唾骂也要留下来! 于是,我不停地晃动炮身,用力下坠,小船就被我掀翻了。

我留在了歧口,和陶牛、陶马的尸体一起埋在了炮台下。

后来,我被人挖掘出来。得见天日的那天,有人狠命地踹了我一脚,呸,这就是那个懦夫二将军! 它可是大敌当前一炮未发啊! 我咧了咧锈蚀的炮口,想讲一段故事给他们听,但我终究一言未发。

多少年后,我被人弄到了一座现代化的城市,放在了一个新建的博物馆门前。我经常听到一个年轻的女孩在给游人讲解:1858 年的歧口,有两座炮台,北岸有大将军,已经沉在了海底,南岸有二将军,是个懦夫……

柳菖蒲传奇

那年春天,我爷爷柳菖蒲提着两尾活蹦乱跳的红鲤鱼,从七间房去赵北口水葫芦武馆拜师。他兴冲冲地走在千里堤上,哼唱着渔家小曲儿,欣赏着柳绿鹅黄,看着红嘴儿水鸟在苇尖上跳来跳去。我爷爷的心里装满了春天明媚的阳光。他根本不会想到一场羞辱正像疾风暴雨一样等待着他。

我爷爷在武馆的操练场上见到了水葫芦。那时候,水葫芦正在教两个徒弟练顶肘和跺脚。水葫芦裸着背,汗珠在他背上滚动着,像白洋淀荷叶上的露珠一样晶莹。他的肘像船桨一样有力,一下子就把徒弟顶翻在地,他的脚像蒲扇一样宽大,一声呐喊,一抬一跺,那操练场就有了一个深深的洼坑。我爷爷咕咚一声就跪倒在洼坑旁,头抵住了洼坑,大声说道,水大师在上,徒儿柳菖蒲前来拜见!

水葫芦一屁股坐在椅子上,一口气喝了两碗荷叶茶,然后慢吞吞地说,柳菖蒲,你怎么就成了我的徒儿呢?

我爷爷把那两尾红鲤举过头顶,水大师,徒儿做梦都想成为你的徒儿!

大蓟,小蓟,水葫芦喊着那两个在地上喘气的徒弟,起来,把那鱼接过来吧!

大蓟起来,接过我爷爷头顶上的红鲤,望了我爷爷一眼,就来到了水葫芦面前急急地说,师父,你看,这家伙满头秃疮,还流着脓水,这鱼怎么吃啊?

小蓟抢过鱼来,摔到了我爷爷的头上,你撒泡尿照照自己,就这德行还来跟我师父学武术?

水葫芦摆摆手,算了算了,既然来了,就让他去厨房打杂吧!

两尾红鲤在地上张了张嘴,不动了。我爷爷的眼泪流了下来。

我爷爷把头用白羊肚手巾包裹起来,也把自己的激情包裹起来。他除了在厨房打杂以外,每天还帮着打扫武场,收拾武术器械,还要为师父水葫芦和师兄大蓟小蓟打水烧茶。没人教给我爷爷练武,他就偷学。那天晚饭前,我爷爷正在一边烧火一边模仿着水葫芦的招式练习拳脚的时候,大蓟吆喝着进来吃饭了。他把我爷爷头上的白羊肚手巾一下子扯了下来,塞进了灶坑,柳秃子,饭还没熟,你在这里偷懒,看我不告诉师父去?

我爷爷就捂着脑袋跑出了武馆。他踹了一脚武馆的大门,声嘶力竭地喊道,水葫芦,大蓟小蓟,老子走了,你们等着,老子外出学艺,20 年后回来见个高低!

我爷爷家也没回,就连夜走出了白洋淀。他去过沧州,下过天津卫,闯过东三省,遍访名师,苦练武艺。他练过劈挂、螳螂、形意,也练过戳脚、弹腿、太极,他综合这些功夫,给自己的一身武艺取名叫"太极元功拳"。

我爷爷是在 20 年后的春天踏上家乡的土地的。他急着要去赵北口武馆实现他的诺言,却在千里堤上遇到了大集。他随着人流来到了牛市上,看见人头攒动,呐喊喧闹。通过头与头的缝隙,他看见一个牛商和牛行老板正扭打一个老汉,便抓过一根竹篙,一个陆地撑舟,从人们的头顶落到了人圈儿正中。我爷爷亮出挑袍双掌,止住了牛商和牛行老板的手,有话好说,干吗打人?牛商说，这老头买牛少给钱。牛行老板说，这么好的牛，讲好了价钱他却不要了，不要不行，不要也得要。我爷爷扫了哆哆嗦嗦的老汉一眼，围着那头牛转了一圈，用手掐了一下牛皮，那牛皮立即破了一个口子，牛血就流了出来。我爷爷就对众人大喊，你们看，这牛早已经糟烂不堪，怎么能够强卖给人家呢？

牛行老板和牛商一使眼色，俩人饿虎扑食，向我爷爷扑来。我爷爷身子一蹲，先是猛虎抱头，而后猿猴亮臂，回身一个荷叶掌，分开五指，在牛商身上划了一个圆，再看那厮，身上衣服已成条缕。众人惊呼间，我爷爷退步穿掌，顺风扫雪，一把抓住牛行老板提在半空，甩出丈余，正砸在衣不蔽体的牛商身上。我爷爷狮子抱球，龙形撤步，用脚尖踏住二人的肚子，厉声说道，大蓟小蓟，你们知道我是谁吗？

你是……是秃疮……

胡说，你们看我还有秃疮吗？我爷爷摘下了帽子，一头黑发苗壮地长在他青春的头顶。

我爷爷和水葫芦比武定在赵北口十二联桥上。桥下是波光粼粼鱼跃鸟飞的白洋淀。桥上是白发飘曳背驼腰弯的水葫芦和孔武有力英姿勃发的我爷爷。大蓟小蓟远远地在桥旁观看。水葫芦上步，右下塌掌左手挑旗。我爷爷迎门搬捶，上步拈手。水葫芦单臂擒羊，我爷爷金鸡抖翎。水葫芦白鹤亮翅，我爷爷平地穿鱼。水葫芦猿猴献果，我爷爷虎站山岗。水葫芦撤步上下单划手，我爷爷转身左右蝴蝶拳。二人比到100回合，我爷爷招式一变，拳风凛冽起来。只见他大劈大挂，起落钻翻，密如风雨，快如抽鞭，势如大河流水，奔腾咆哮，一泻千里。直搞得水葫芦眼花缭乱精疲力竭，在我爷爷的拳阵里无路可逃。水葫芦悲怆地喊了一声，柳菖蒲，我当年对不住你！喊完，他就越过桥栏杆，倒头扎了下去。

水葫芦没有死。我爷爷把他救上来之后,他赤身反绑,自插荆条,跪在武馆门前。我爷爷和大蓟小蓟把水葫芦搀到正堂,给他松了绑绳,拔了荆条。水葫芦一字一顿地说,从今以后,柳菖蒲就是这里的馆主了!

不久,日本鬼子来到了白洋淀。我爷爷柳菖蒲带着武馆的弟兄们参加了抗日武装雁翎队。

盒 子 炮

我要去杀人,杀我叔,我亲叔。

这是一件很棘手的事情。这比杀伪班长曲结巴难。杀曲结巴,我只需摸黑爬进岗楼把他掏出来一枪击毙就行了。这也比杀伪军中队长韩恩荣难。杀韩恩荣,我只需化装成卖烧鸡的,在寡妇水蓼花的门口蹲守。韩恩荣来水蓼花家,带了酒,必定买烧鸡。他买烧鸡,我就捎带着卖给了他一颗"花生米"。我叔熊莞东则不同了,他是新安县的大户,住深宅大院。房后是城墙和壕沟,前院驻扎着日本宪兵队。但这还不是最难的,最难的是他是我亲叔。

我叔对我还是蛮好的。我爹走得早,是他送我上了私塾,又帮我娶了媳妇。可是,日本鬼子到白洋淀后,我叔和我走上了不同的道路。我入了雁翎队,如今是锄奸队长。我叔当上了新安县的维持会长,还把他从国外回来的儿子送给日本人当翻译。我叔手下那一帮人，制造了端村惨案，全村被日本人杀了800多人啊！还有，他的副会长张得庆，诱骗了雁翎队副队长邓义，致使邓被捕牺牲。雁翎队就决定除掉我叔。这任务自然落到了我的头上。

我们决定在七月十五动手。平时我叔很少走出他的深宅大院。白洋淀七月十五有放河灯的习俗，他肯定会出来祈福许愿。白天，我和锄奸队员田章、杜鹏一起进了新安县城。晚上我们想在县城东南放河灯的水域设下埋伏，然后伺机行动。但是，我们错了。我叔没有出来。只是我叔的三姨太带着一群家眷家丁，匆匆放了一阵河灯就回去了。他们连鞭炮都没有放。我对田章、杜鹏说，你们在城墙外等我，我混进熊家大院去！田章和杜鹏说，熊管，你别去了，看情况有些不对劲儿呢。我说，没事的，你们就等好消息吧！

我把我的衣领竖起，把草帽戴上，在水边拣到了一个灯笼。我就成了熊家大院的一个家丁。灯笼闪闪烁烁，顺着甬路，领我走过前院。我听到了宪兵队刑讯逼供的声音。这声音使我的脚步更加急速。我看见我叔的三姨太去宪兵队长屋里打牌了，我看见一群家眷家丁都走散了，去了他们应该去的地方。我就直接去我叔的后院。我熟悉我叔的后院。我也熟悉我叔的习惯。他这会儿肯定在他的客厅赏月，七月十五的月亮不比八月十五的月亮差。

但是，我又错了。等我挑开门帘进来的时候，我叔没在客厅。我就想去他的书房。这时我的腰被一个硬硬的东西顶住了。凭我的经验我知道那是一支盒子炮。我对顶着我的盒子炮说，叔，我知道是你，我还知道你的盒子炮不如我的盒子炮好！

我叔的盒子炮用了用力，熊管，你是来杀我的？

我说，不是，我是来给你送盒子炮来的，我知道你喜欢更好的盒子炮,你有了更好的盒子炮就没人再杀得了你,你就可以过太平日子享尽清福了!

我叔说,你甭蒙我,有人透信儿给我,说你要来杀我!

我说,我哪里敢呀?你是日本人的红人,宪兵队都在保护你。再说了,你是我亲叔,待我又不薄,我怎么会杀你呢?我真的是给你送盒子炮来的。不信你摸摸,我的盒子炮就在我的腰里。

我叔一拍我的腰,就准确地找到了盒子炮所在的位置。他一把摸了出来。我知道他露出了惊喜的神色。我说,叔,我没说谎吧,我那是一支好盒子炮呢。德国原装毛瑟盒子炮,20 响的,连发,快射型的。而你那只盒子炮,只能叫快慢机,我不看也知道是老掉牙的西班牙式的。

我叔就用我的盒子炮顶住了我的腰。现在是两只盒子炮顶住了我的腰。我的腰围满了一圈冰凉。快说,你怎么会把这么好的盒子炮给我?我叔的话也像盒子炮一样冰凉。

我叹了一口气,叔啊,我实在是在白洋淀混不下去了,岗楼林立,到处都是你们的人。日本人也在悬赏捉拿我,我有家也不敢回。我想用盒子炮换你 50 块钱。我不在雁翎队待了,我受不了那苦,我要到天津去闯荡闯荡!

我叔收起了家伙,鼻子里哼一声。他用手拍拍我的草帽,我赶紧把草帽摘下,抱在胸前。我叔说,瞧瞧你又黑又瘦,混得一定不怎么样,就你这德性还杀得了我?实话告诉你,只要我大声咳嗽一声,你就休想出这屋。我说,那是,那是,叔你千万别咳嗽,你快拿钱,拿了钱我连夜就走!

我叔拿着两把盒子炮就向里屋走去,向钱柜走去。我抱着草帽跟在后面。我叔猫下腰来,一边取钱一边说,我算是白有你这么个侄子,老和你叔作对,你拿了钱赶紧滚……我知道我叔后面可能还有一个"蛋",但我没时间让他说了,我掏出藏在草帽里的那把急躁的砍刀。我叔的脑袋就掉下来,砸在了钱柜上。那声音其实也砸在了我的心上。

我叔的脑袋还是发出了一声喊叫的,这比他大声咳嗽还要厉害。所以等我用裰子把我叔的脑袋包好,拿起两把盒子炮冲出屋子的时候,我那当翻译官的堂弟带着宪兵就包围了我。我的盒子炮甩出了一梭子火,20响,连发的,真过瘾。我一个后翻,上了房。跳下房去,就是城墙。我知道,田章和杜鹏就在城墙外面等我。我跳下房,我的右腿折了。不是摔的,是中了我堂弟的子弹。皓月当空,照着我疲软无力的腿。我觉得我的血就像月亮的光,诗意地流淌着。

堂弟和日本宪兵已经冲到了我的面前。我不可能再越过这道城墙了。我把熊莞东的脑袋和我的盒子炮扔过城墙,然后拿起熊莞东的盒子炮,对准了我自己的脑袋。

望一眼七月十五的月亮,我扣动了扳机。

大 抬 杆

孙全没能见我最后一面。他于 2009 年国庆节前弃我而去,享年 89 岁。

得到这一消息时,我悲伤不已,但没有流泪。因为我不会流泪,我是一支大抬杆,是一支被小日本称为"扫帚炮"的猎枪。孙全曾经是我的主人。

全民微阅读系列

我本来是用来在白洋淀打野鸭野雁的，但后来我打了人，而且打死了好多人。其实我也不愿意打人，但没办法，那种人你不打他们，他们就要打你，蹂躏你。他们跑到你的国家来，跑到你的家门口来，他们烧杀抢掠，把美丽的白洋淀变成杀人的战场。孙全的父母就死在了这些人的刺刀下。你能不打他们吗？他们不是人，是野兽。

打！16 岁的孙全将火药和铁砂子填满我的胸膛，然后呐喊了一声，点燃了药捻子。我的胸膛鼓鼓的，我拼着力气把铁砂子排泄了出去。我前面的芦苇就生动地躺倒了一大片，水禽水鸟们发出了一阵紧似一阵的哀鸣。孙全没有理会这些哀鸣。他又装满了火药和铁砂子，然后带上沉重、火热的我，划着一条渔船像箭一样地射向大淀深处。

孙全就这样带着我找到了雁翎队。可郑勇队长只收下了我，却拒绝了船和孙全。孙全用船桨敲打着船帮，流了眼泪。我听到了眼泪替他说的话，为什么？为什么？郑队长摸着他的脑袋说，你还小，你家里就剩下你这根独苗了，你还是回到岸上吧！

倔强的孙全没有回到岸上。他穿过港汊和茂密的芦苇荡，把他的船泊在一个宽阔的水域。他在水里布下了一圈粘钩网。雁翎队不要他，他只好在这里钩鱼了。那是一个中午，阳光很强烈，孙全吃了口野菜团子，就顺手掐下一个荷叶，盖了脸，在船上迷糊着了。

孙全是被汽船的突突声和淀水的浪涛声惊醒的。荷叶滑落他的脸，他眨巴眨巴眼，就看到了汽船上的三个人。他们穿着黄呢子衣服，蹬着高筒黑皮靴，手里拿着军帽，呼哧呼哧地喘着气，舌头都吐出来了。

热死你们！孙全把荷帽重新盖在脸上，就想再躺下，可三个黄呢子不让他躺下。他们呜里哇啦地叫嚷着,比画着,要孙全过来,他不动。他们就把王八盒子掏出来,冲他瞄准儿。他就划着船过来了。孙全是冲着王八盒子过来的。那王八盒子没有发出子弹,但发出了光。那光在太阳下很刺眼,也很引人。孙全就被光引来了。孙全哈着腰说,太君你的热?下水洗澡的干活?黄呢子把王八盒子放在船上,用手指着淀水,又指着孙全。孙权按照黄呢子的意思,一个空翻就跃进了水里。他变成了一只泥鳅。泥鳅在水里来了个倒立,就不见了,五分钟之后又在远处冒了出来,同时冒出来的还有两条红鲤鱼。红鲤鱼在孙全的手里撒着欢儿,也冲黄呢子打着招呼。黄呢子就扒下了黄呢子,变成了三只白白肥肥的胖头鱼。胖头鱼扑通扑通地掉进水里,掉进了惬意里。胖头鱼吆西吆西着,一起向孙全和红鲤鱼游去。胖头鱼喜欢吃红鲤鱼。可游着游着,胖头鱼们就游不动了。他们的腿被孙全的粘钩咬住了。他们越挣扎,那粘钩就越热情,咬得就越深。深倒不要紧,关键是疼。胖头鱼就被疼痛粘住了。先是腿,后是腰,再后就是肩膀和头部,最后,疼痛没了,胖头鱼也沉下去了。水面就起了老大一阵漩涡。后来平静了,几汪殷红升了上来。

孙全把三支王八盒子交到了郑队长手里。郑队长摸着王八盒子,摸着孙全的脑袋说,好小子,你怎么突然就长大了呢?

队长留下了孙全,还把一支王八盒子留给他。孙全把头一摇,我不要这个,不要。我要我的大抬杆!

就这样,我又回到了孙全的船上。孙全整日地摩挲我,擦洗我,用铁砂子和火药把我的胸膛填得鼓鼓的,把我的渴望也填得鼓鼓的,弄得我整个夏天都有一种强烈排泄的感觉。

终于,我的机会来了。雁翎队接到情报,有日军的两艘保运船要从天津走水路经白洋淀到保定。船是运送物资弹药的。物资弹药是用来装备日军来对付八路军的。你说雁翎队能不伏击吗？不能。

伏击地点选定在横埝苇塘。雁翎队员们隐蔽在芦苇丛中，他们就变成了芦苇。我和其他的大抬杆被孙全们固定在渔船上。那时，我和孙全一样激动。我的两米多长的身体热血奔涌，前半截的铁砂在枪管里舞蹈旋转，后半截的火药呐喊升腾。孙全呢，早就点燃了檀香，手都出了汗。要不是郑队长一劲儿瞪他，他早就把我尾部的药捻子点着了。

太阳偏西的时候，保运船嘟嘟地开来了。他们进入了伏击圈。螺旋桨被水草和铁丝缠住了，汽船不得不放慢了速度。郑队长那个乐啊，他乐着就发出了第一枪，打！

打！孙全点着了药捻子。我感觉火药尽了力气，把铁砂子飞快地推出了我的胸膛。绿豆般大小的铁砂阵就像旋网一样罩向了保运船，一船的黄呢子们还没弄明白是怎么回事就被铁砂阵报销了多半，剩下的也都被雁翎队用孙全缴获的王八盒子"点了名"。孙全没有王八盒子，他看见一个受伤的黄呢子掉进了水里，就像泥鳅一样潜进了水里，然后突然像水鬼一样冒了出来，摁住了受伤的黄呢子，用嘴咬住了他拿枪的右手，夺下了他的王八盒子。后来，孙全告诉我，他活捉的是一个日军中队长呢！

那支王八盒子就奖励给了孙全，并且跟随他经历抗日战争，直到解放战争结束。仗打完了，新中国成立了，孙全要求复员，回到白洋淀，继续当他的渔民。我呢？和孙全那条船一起被送进了军事博物馆。

国庆60周年的时候，孙全被点名要去天安门城楼观看阅兵式。得到这一消息后，我已经生锈的身体又恢复了记忆和活力。我期待着与我的主人再一次相逢。

然而,阅兵式结束了,孙全也没来。倒是他的儿子来看我了,同时他还带来了孙全溘然长逝的消息。

于是,我变成了一支伤心的大抬杆。

鱼 图 腾

现在,我就静静地游在白洋淀博物馆里。或者说,我就静静地游在玻璃橱窗里。我看着在我面前游来游去的游客。他们对我指指点点,品头论足,甚至拍照摄像。我有些烦。我真想一个鲤鱼打挺儿,飞过这些人的头顶,飞出这座新建的博物馆。可玻璃和石头禁锢了我。我其实是在凭着千万年来的记忆游泳。

记忆是现代通向远古的一条通道。我常在这条通道里来回游动。在遥远的记忆里,没有石头、玻璃,也没有这现代化的建筑,只有水草连天的一片泽野,还有古黄河的冲积扇群。就让我从这泽野和冲积扇群说起吧。

那时,我是一条年轻的白鲤。我和我的同伴红鲤、黄鲤们就生活在这一片水草连天的泽野里。淀水澄澈,水草丰茂,空气细腻、湿润而清香。鸥鸟在葱绿的岛上鸣唱,声音把淀水震得发颤。我们就在这鸣唱里处变不惊地游来游去。我有时候还大胆地把身体晾晒在岛边。一只红嘴黑天鹅慢慢地靠近我,长喙啄着我白色的锦鳞,我的身体舒服极了。

我是听到妘水妘山的脚步声才匆忙跳进水中的。那脚步声急促而嘈杂。起初是一两个人的,后来便是一群人的。水泽边映出了他们身上脏兮兮的兽皮、乱糟糟的长发和手里高举着的棍棒、石器。这是一支氏族。他们是山顶洞人的后裔。他们是在远行寻找食物的途中迷路的。无意中他们发现了这片水域。那个叫妘水的女首领把脖子上的贝壳项链一下子就拽散了。她的声音随着那落水的贝壳,像野花一样绽放开来,妘山,我们找到路了,这里就是咱们以后的路!

这还用说吗?这里也是咱们以后的家。被唤作妘山的男人早就跳进了水里。他的衣裳像两片荷叶一样飞到了岸边,精赤粗壮的身体像块黑漆漆的石头砸得水面斑驳。他的身后是更多的石头一起砸来。男石头,还有女石头。一个氏族的所有的石头。他们都精赤条条地沉入了水底,又浮上了水面。他们变成了黑鱼,变成了黄鱼,变成了白鱼。而他们洗浴的那片淀水,已经变得浑浊和污秽。妘山洗干净了身体,洗干净了头发,上岸,拿来一截削尖了的木棒,一个猛子扎进了水里,又一个跳跃蹿了出来。木棒上就插着一尾疼痛呐喊的鲤鱼了。妘山把鱼送到了正用骨针盘头的妘水的手里,然后在妘水的脸上摸了一把,又一个猛子扎进了水里。其余的男人如法炮制,他们的木棒上都有了我的同类。我躲在深水的一块石缝间,才逃过此劫。

我看见他们就那么精赤条条地上了小岛,点燃了一堆又一堆的蒲草。鱼们就在火里、在木棒上变成了食物。等不及的,干脆就把活的鱼直接送入了嘴里。鱼鳞、鱼肠、鱼肚就很不雅观地黏在他们的血盆大口上。他们吃了鱼,有了力气,又向水鸟们发动了进攻。野鸭、野鸡、野鹭惊飞了半边天。鸟巢被他们捣毁了,鸟蛋成了他们的腹中食。就连行动慢的鸟儿,也没有逃脱他们的手掌。又是一堆一堆火起,鱼类的好朋友鸟类也焦糊了翅膀。那只红嘴黑天鹅拖着被击中的伤腿,黯然一声哀鸣,冲进云霄,没入了远天的苍茫……

这片水域真的成了这个氏族的家园。他们盖起了窝棚,建起了水寨,生起了儿女,过起了日月。我们不得不向深水迁移。在迁移途中,别的鱼们都咒骂着这群恶魔。而我却在思考着一个问题:人类与我们鱼类不是天敌,也不是非以我们为食不可。我们应该成为好邻居,我们应该创造一种更好的生存方式。

于是,我毅然返回了我们那片原始的水域。我跳上了那个小岛。奇怪,当我踏上小岛的时候,我竟然变成了一个人的模样。我找到了妘水。她正在岛上采集野果,肩上还背着一个红嫩的女娃。妘山躺在一堆野草上嚼着草根。鸟们都飞走了,妘山捕猎的工具上已经布满了青苔。我对妘水打着手势,艰难地说着我的思路。我说,你们要学会种植,要种粟,种黍。我说,你们要学会养殖,要养猪、养狗、养牛。我说,你们要学会制造,要制造犁,制造杵。我说,你们要学会纺织,要纺布,织衣。我还说,你们眼里不能只有这个小岛,要走遍整个泽野,走遍整个冲积扇平原。妘水听懂了我连比画带说的话,她把那个女娃扔给了妘山,光着大脚板,甩着大乳房跑了。她吹起了石哨。不一会儿,整个水寨子的成员都聚集到这里来了。

妘水还要我说一遍。我已经不会说了。我跑到了小岛的边缘,跳进了水里。我又变成了一条白鲤。

后来,妘水带着她的氏族搬走了,搬到了岸上。他们按我说的做了。他们学会了种植,学会了养殖,学会了制造,学会了纺织。后来,又来了几个氏族。他们建起了部落。妘水让妘山当了部落长。后来,他们建起了这片水泽最早的浑浥城。

鱼们和鸟们就又回到了我们的泽国。我们在经历了那么多的伤痛之后,又恢复了往昔的平静。

可我已经不能平静。我想去看看浑渥城。我想告诉他们城市还要扩大，还要变迁，甚至还要灭亡。于是我又一次跳到了平地上。我在城里找到了妘山。这次我没那么幸运，妘山妘水没让我回到泽国。他们扣住了我，把我供奉在部落中心的广场上。从此，他们不再吃鱼。我就成了他们的图腾。

正如我所预料的那样，那座部落城数番沉降隆起，数番灭亡生长，终于变成了你看到的现代化都市。早已变成鱼化石的我，在千万年出土后，被当作宝贝送进了白洋淀博物馆。

水 家 乡

鸬 鹚

我曾是一只野生的鸬鹚。我每年都从遥远的北方飞到遥远的南方去。白洋淀是我们候鸟的中转站。

可那年我被渔民陈瞎子的渔网逮住了，就留在了白洋淀。陈瞎子当初是不瞎的，只是后来被我啄瞎了。那天，我飞过浩渺的水面，飞过远接百里的芦苇荡，来到了荷花淀。我看见了满淀的荷花艳丽无比，我看见了成群的鱼儿跳出水面闻香戏荷，我还看见了一群姑娘划着小船唱着渔歌采摘莲蓬。我落在一片硕大的荷叶上，将我鹰般的身体缩成了一只鸭的模样，我锐利的嘴被眼前的美景磨圆了。我忘记了自己是一个捕鱼高手。我想就是现在饿死，我也不愿破坏眼前的宁静啊。我呆了，我醉了。

不知过了多久，我的眼前唰地落下一道白光。荷叶倾倒，荷花飘零，我就被一张渔网罩住了。渔网慢慢收拢，提起后，透过缝隙，我看到了苇帽下一张黝黑年轻的脸，在船上，在阳光里得意地笑着，笑得眼睛都没了缝隙。我一下子就被激怒了。我缩成鸭一样的身体恢复了鹰的模样，铁青的羽毛闪着冷光，我磨圆的嘴重归锐利。等到那人撒网抓住我的双腿时，我奋力一扑，就啄住了他的左眼。我狠命地在缝隙中嵌入我钩状的嘴，一股鲜红顺着我的嘴汩汩而出……从此，陈大船就成了陈瞎子。

我还是成了陈瞎子的俘虏。我时刻准备迎接陈瞎子对我的报复。然而，陈瞎子的眼伤痊愈以后，却给我带来了一只漂亮的母鸬鹚：它羽毛洁白，双目含春，翅膀缓缓扇动，犹如一团芦花飘落在了船上。我感受到了它强烈的召唤和无声的撞击。我在船头呐喊着、跳跃着，挣脱了捆我的绳索，一头扎进了汪洋恣肆的大淀。不一会儿，我叼上来一条欢蹦乱跳的红鲤。我把红鲤送到了白鸬的面前，我轻啄着它光滑柔顺的羽毛，急不可耐地说，白鸬，我不走了。

我就这样留了下来。陈瞎子成了我的主人。我开始接受他对我的驯化。不久，我和白鸬开始在白洋淀生儿育女了。白洋淀成了我的家乡。

鱼　　鹰

几年以后，陈瞎子成了白洋淀有名的鹰王。我们一家十口都成了他的鱼鹰。做鱼鹰是一件辛苦的事情。我们经常是清早就随陈瞎子进淀，傍晚才上岸。清早和傍晚鱼多，捕上来很快能让鱼贩子在早市和晚市上卖掉。陈瞎子真是一个精明的渔人。他总是卖给人们新鲜的鱼。陈瞎子的精明还体现在对我们的使用上。他在我们的脖颈上套一个草环,然后"嘎嗨嗨,嘎嗨嗨"地唱着,用竹竿拍打着淀水赶我们下船。我们抓到大鱼,只能吞一半,留一半,叼上船,他就让我们全部吐出来,只让我们吃他准备好的小鱼、黄鳝和猪肠。

可我们还是乐此不疲。我和我的白鸬率领儿女们不停地游动在风景秀丽的白洋淀里。草青青淀水明,小船满载鸬鹚行。鸬鹚敛翼欲下水,只待渔翁口令声……我们在捕鱼生涯里练就了高超的本领。我们每只鸬鹚单独作战,每天能从淀里逮住二三斤重的鱼。碰到大鱼,我们就协同作战。记得那一次围攻荷花淀里的鱼王花头,我、白鸬和儿女们有的啄眼,有的叼尾,有的衔鳍,一起把花头弄上了船。陈瞎子逢人便讲,我这鹰王逮住了鱼王,奶奶的,六十多斤呢!听到这话,看着陈瞎子独眼里抑制不住的光芒,我也用我的黑翅膀覆住白鸬的白翅膀,在儿女们的欢呼声里柔情地啄着它的脖颈。做鱼鹰真是一件幸福的事情。卖了那条大鱼以后,陈瞎子的好运来了。他换了大船,娶了媳妇儿,转年就有了一个双目齐全的儿子。

老　　等

陈瞎子的好日月终于在白洋淀几度干涸后结束了,就像他的老婆在生完第四个孩子后突然病死一样。水干了,鱼净了,鱼鹰便没有了用场。我、白鸬和孩子们也难逃厄运。我的儿女们先后被陈瞎子卖到了南方,只剩下我、白鸬,一起陪着陈瞎子慢慢老去。

终于,在芦苇干枯、荷花凋败的时节,和我一起生活了二十多年的白鸬在吃了一只有毒的田鼠之后离开了我和陈瞎子。陈瞎子夹着铁锹,抱着白鸬,肩扛着我来到了村边的小岛上。他挖了个坑,把白鸥埋了。陈瞎子盖好最后一锹土的时候,我发现他的独眼里滚下了几大滴浑浊的老泪。就在埋白鸥不远的地方,有一座孤坟,那是他老婆长眠的地方。

陈瞎子流完泪,把我抱住,一边梳理着我脏乱的羽毛,一边絮絮叨叨地说,老伙计,你走吧,天快冷了,你飞到南方去吧。淀里建了个旅游岛,再不去,你就会被我卖到那里供游人观赏了。没有了自然鱼,他们养了鱼,要你抓鱼表演给游人看呢!

陈瞎子把我往蓝天上送去。我抖动着衰老的翅膀,嘎嘎地叫了两声,艰难而又奋力地开始了许久不曾有过的飞翔。

我终于没能飞出白洋淀。尽管我曾是一只野生的鸬鹚,可我一点也找不到从前的野性。我已经融入了这方水土。白洋淀就是我的家乡。我在这个小岛上筑巢而居。我在干旱的淀边,凝望着天空,凝望着远方。我伸长了脖子久久地等待。我愿意做白洋淀最后的一只鱼鹰,最后的一个守候者,一直等到水的到来,一直等到鱼的到来。

后来,我就成了白洋淀一只长脖子老等。

行走在岸上的鱼

红鲤逃离白洋淀,开始了在岸上的行走。她的背鳍、腹鳍、胸鳍和臀鳍便化为了四足。在炙热的阳光和频繁的风雨中,红鲤细嫩的身子逐渐粗糙,一身赤红演变成青苍,漂亮的鳞片开始脱落,美丽的尾巴也被撕裂成碎片。然而红鲤仍倔强而执着地行走着,离水越来越远。

其实红鲤何尝不眷恋那清纯澄明的水呢？那里曾是她的家园呀！那荷、那莲、那苇、那菱，甚至那叫不上名来的翁翁郁郁、密密匝匝的水草，都让她充满了无尽的遐想。她和她的父辈母辈、兄弟姐妹在这一方碧水里遨游、嬉戏、生存，实在是一种极大的快乐啊！更何况红鲤是同类中最招喜爱、最受羡慕、最出类拔萃的宠儿呢！她有着与众不同的赤红的锦鳞，有着一条细长而美丽的尾巴，有着一身潜游仰泳的本领。因此红鲤承受着同类太多的呵护和太多的爱怜。

如果不是逃避老黑的魔掌，如果不是遇到白鲢，如果不是渔人们不停息的追捕，红鲤也许就平静地在白洋淀里生活了，直到衰老死亡，直到化为白洋淀的一朵小小的浪花。

厄运开始于那个炎热的夏天。天气干燥久无雨霖，白洋淀的水位骤降，红鲤家族居住的明珠淀只剩下了半米深的水。红鲤家族不得不在一天夜里开始向深水里迁移。迁移途中，鲤鱼们遭到了一群黑鱼的袭击。那是一场心惊肉跳的厮杀，黑涛翻腾，白浪迸溅，红波激荡。鲤鱼们伤亡惨重。最后的结局是红鲤被黑鱼族头领老黑猎获，鲤鱼们才得以通行。

其实老黑早就垂涎着红鲤的美丽，因此老黑有预谋地安排了这次伏击战。老黑将红鲤俘获到他的洞穴，以一个胜利者的姿态享受着红鲤，折磨着红鲤，戏弄着红鲤。红鲤身上满布齿痕和伤口，晶莹剔透的眼睛不几天就暗淡了下去。红鲤忍受着、煎熬着，也暗暗地寻找着逃跑的机会。

中午是老黑最为倦怠的时刻。为逃避渔人们的捕杀，老黑不敢出洞，常常是吃完夜间觅来的食物后便沉入梦乡。就是中午，红鲤悄悄地挣开老黑粗硬尾巴和长须的缠绕，轻甩尾鳍，打一个挺儿便钻出了黑鱼洞，浮上了水面。红鲤望见了水一样的天空，望见了鱼一样的鸟儿，望见了树叶一样漂浮的渔船。老黑率领一群黑鱼一路呼啸追逐而来。红鲤急中生智，躲到了一只渔船的尾部。她看到渔船那个头戴雨笠的年轻渔人甩出了一面大大的旋网，旋网在空中生动地划一个圆，便准准地罩住了黑鱼群。

红鲤撇撇嘴，一个猛子扎入深水，向远处游去。接下来的日子，红鲤开始了对红鲤家族的寻找。寻找一度成为红鲤生命的主题。在寻找中，红鲤的伤口发了炎，加之不易觅食，又饿又痛，终于昏倒在寻找的水道上。

这时，白鲢出现在红鲤的生死线上。白鲢将红鲤拖进了荷花淀。白鲢用嘴吮吸清洗红鲤的伤口，一口一口地喂她食物。红鲤便复苏在白鲢的绵绵柔情里。

荷花淀里便多了一对亲密的俪影。红鲤红，白鲢白，藕花映日，荷叶如盖。红鲤和白鲢在无数个白天和夜晚听渔歌互答，看鸥鸟飞徊，享鱼水之欢。白鲢就对红鲤说，天空的鸟自由，也比不过我们呢，它们飞上天空，不知被多少猎枪瞄着呢！红鲤就提醒说，我们也不自由呀，荷花淀外的渔船一只挨一只，人们各式各样的渔具，都在威胁着我们，说不定哪一天我们就会成为网中之鱼呢！

果然，不幸被红鲤言中。一个午后，白鲢和红鲤出外觅食，兴之所至，便远离了荷花淀。他们穿过了一道又一道苇箔，绕过一条又一条粘网，闪过一只又一只鱼叉，快活地畅游、嬉戏、交欢。他们来到了一个细长而悠邃的港汊间。这时一只哒哒作响的渔船开过来，白鲢看见一柄长长的渔竿伸下，一个圆乎乎的铁圈拖着长长的电线冲他们伸来。白鲢用尾巴一扫红鲤，喊了声快跑，便觉一股电流划过，一阵晕眩，就失去了知觉。

　　红鲤亲眼看见了白鲢被电船电翻打捞上去的经过。红鲤扎入青泥中紧贴苇根再不愿动弹,陷入了绝望和恐惧之中。一个越来越清晰的念头强烈地震撼着她:离开这里,离开水,离开离开离开……

　　天黑了,一声炸雷响起,暴风雨来了。红鲤缓慢地浮上水面。暴雨如注,水面一片苍茫。红鲤一个又一个地打着挺儿,一个又一个地翻着跟头。突然又一阵更大的雷声,又一道更亮的闪电,红鲤抖尾振鳍、昂首收腹,一头冲进了暴风雨,然后逆流而上,像鸟一样跨过白洋淀,竟然飞落到了岸上。

　　那场暴风雨过去,红鲤便开始了岸上的行走。

　　此时红鲤的腹内已经有了白鲢的种子,可悲的是白鲢还不知道,他永远也不会知道了。就为了白鲢,她也要在岸上走下去。

　　红鲤不相信鱼儿离不开水这句话。她要创造一个鱼儿离水也能活的神话,她要寻找一块能够自由栖息自由生活的陆地。

　　那个夏天过后,陆地上出现了一群行走着的鱼。

鱼 非 鱼

我 是 鱼

　　我是鱼。我是荷花淀里的一条黄鲤。自从我的孪生姐妹红鲤在那个夏天逃离白洋淀行走在岸上之后,我就成了鲤鱼家族的鱼尖儿。我享受着同类的百般呵护和万千宠爱。我披着一身锦鳞自由地游泳。我打着挺儿妩媚地歌唱。我跳到碧绿的荷叶间激情地舞蹈。那时,我不是一条鱼,我是鲤鱼王国里一个骄傲的公主。

然而,骄傲的公主不久便遇到了麻烦。我遭遇了花头的追逐。花头是白鲢家族的首领,它的弟弟白鲢和我姐姐红鲤的爱情故事曾经在白洋淀360个淀泊广为传颂。但是花头就不一样了。它粗壮威猛,恃强凌弱,小鱼小虾经常成为它的口中之物。在它栖息的巢穴里,还经常有神情倦怠的鱼儿舔舐着伤口黯然离去,有的一边流血还一边甩子。它是花头,它更是魔头。

花头是在我出外游玩的归途中拦住我的。它足有一米长的身躯横亘在荷花淀的入口处,眼光湿润润黏糊糊地罩住我,巨鳃不停地翕动。花头说,黄鲤黄鲤,跟我回去!我撇撇嘴,没有理它。它就一口叼住了我的尾巴,叼着拖到了它的巢穴。然后用背、腹、胸及尾部的鳍将我缠绕了起来。我不能挣脱。我流着眼泪喃喃絮语,你这花头,知道母鱼们为什么不喜欢你吗?因为你不会像白鲢对待红鲤那样对待我们啊。

我会我会,我改我改!花头突地就松开了鳍,接着把我推出巢穴,让一群鲢鱼送我回家。

其后我就目睹了花头的变化。它不再吞食小鱼小虾。它捣毁了自己的巢穴,把所有囚禁的母鱼都放了出来。那一段时间里,水下太平,各种生物和睦相处,荷花淀里时时泛起欢乐的浪花和动情的歌声。

随之就是那次大迁徙的到来。由于连年干旱,白洋淀的水位急剧下降。荷花淀的鱼们不得不向深水淀泊迁徙。我随着鱼群游着,游过花头的巢穴。我看见鲢鱼们都走光了,只有花头守在那里,双眼空洞地望着远方浑浊的水域。

我说，花头走吧，不走会遭殃的！花头没有扭头，只是凄凉地说，黄鲤，是你呀，我在这里待了大半生，不想走，也走不动了！

我就是在这时发现花头的眼睛失明的。我问它怎么回事，它说前几天吃了游人丢弃的一堆食物，眼睛突然就变成这样了。

我为花头唏嘘不已。我决定留下来，留下来照顾花头。我改变了花头，我没有理由抛弃花头。

水位持续下降，可供我和花头栖息的水域逐渐缩小。当荷花淀仅剩下一间房子大小的水面时，我和花头被一个渔民捕捞了上来。

我是观赏鱼

我和花头成了观赏鱼。荷花淀干涸了，人们筑土为岛，建起了鸳鸯岛旅游区。鸳鸯岛主将我和花头买来放进了观鱼港，和先后放进来的大大小小各种各样的鱼们一起成了观赏鱼。

在别的鱼看来，成为观赏鱼是件很开心的事情，但我不，花头也不。于是人们看到一尾金鳞闪烁的黄鲤寂寞地游荡在喧闹的背后，看到一条硕大的白鲢王孤独强硬地仰躺在水面。有鱼食投下了。又有鱼食投下了。我没动，花头也没动。我听见了一个儿童尖细的嗓音在嚷：

看，爸爸，那条黄鲤怎么不吃我给它的食物呢？

它是条傻鱼。一个男人回答。

还有这条大鱼，它不吃，也不动。

它是条死鱼。男人又答。

傻鱼？死鱼？我气愤地一下跃出水面，盯了那个男人一眼，然后又疯狂地游到花头身边，用头顶着它，嘶哑着嗓子喊，花头，你死了吗？你死了吗，花头？花头仍然一动不动。它只是慢慢地吸水,吸了好长时间,突然一仰头,急促地将水喷到了那个男人的身上。游客们惊呼着往后退去,花头也幽幽地吐出了几个字,我没死,但快了。

花头是有预感的。几天后,一个外国旅游团来到了鸳鸯岛。他们看上了花头,花重金要清蒸这条白洋淀最大的鱼王。人们开始追捕花头。花头反抗着追捕。它上下翻飞,左右摆动,撕裂了罩,撞破了网,最后它被逼到了观鱼港最狭窄的角落,一个跳跃,硕大的身躯向水泥池墙猛地撞去。血立时洇红了观鱼港,所有的观赏鱼都被血腥浸染透了……

我 是 鱼

花头死了。它没有被吃掉。鸳鸯岛主将重金退给了外国游客。岛上的员工把花头打捞上来,擦洗干净,放在了一条盛满水的机帆船上。同时放进去的还有我,和所有的观赏鱼们。

机帆船载着我们进入了一片浩渺的水域。这里,远处有苇,近处有荷,水面有菱。天边,还有一群鸥鸟在鸣叫飞徊。

我和观赏鱼们在船舱里被捞了上来,又被放进大淀里。一沾久违的淀水,我就又找回了往昔的黄鲤。

鱼们四散而去。我找到了同样被放进淀里的花头。我依偎着它一点儿一点儿下沉的身体,用水一样的声音轻轻地告诉它,花头你醒醒,我们自由了……

1963 年的水

1963 年，我是一个成熟而敏感的胎儿。透过母腹的躁动，我感觉一股强大的潮湿弥漫了整个天空、村庄和田园。我知道一场大水必定要来。因此，我赖在母亲的肚子里不肯出来。

我的感觉果然不错，整个夏天先是暴雨不断，接着就传来白洋淀上游出现特大洪峰的消息。千里堤被水浸泡得像我母亲擀的面条一样柔软，它承受不住洪魔的撞击和拍打，决口了。

冀中平原一片汪洋。在这片汪洋里，我们的村庄变成了一片飘摇的树叶。我在母亲的肚子里听到了房屋倒塌的声音，牲口嚎叫的声音，孩子哭喊的声音，还有当村主任的父亲指挥人们撤离的声音：全体社员请注意，大家一律到陈家祠堂高地集合，老人妇女搭棚子，男劳力抄家伙筑堤，共产党员随我去白洋淀保护千里堤！在父亲洪亮有力的声音的鼓舞下，一村人开始了有条不紊的撤离。母亲拖着沉重的身子，挎着一个大包袱，领着大姐二姐蹚水行走。当我们爬到陈家祠堂的高地时，我听到大姐惊叫了一声，娘，坏了，俺的梳妆盒忘拿了！

陈家祠堂的高地成了一个孤岛。父亲带人走了，留下来的铁塔叔成了一村人的主心骨。那时我的眼睛过早地睁开了，我看见铁塔叔光着黝黑的膀子，撑着用几块木板绑成的排子，带人去坍塌的村里打捞食物，还去村外的玉米地里掰生玉米。铁塔叔的那个木排驮的不是食物和玉米，它驮的是一村人的生命呀！

　　已有的生命面临着生存的困境,新的生命却又在不断诞生。和我同期孕育的孩子真不懂事,接二连三地来这个孤岛上凑热闹。母亲在婴儿带血的哭声里不住地抚摸自己的肚子,用粗糙而温情的手掌和我交流。手掌说,儿子,按说也到日子了,怎么你还不出来呢?我动动小腿,晃晃脑袋告诉母亲,不着急,我不着急,我在静静地观察思考这洪水,这人,还有以后那没水的日子。手掌说,也好,你就待在里面吧,这又潮又湿又热,又缺食物的,我真不知道如何安置你!我用小脚抵住母亲的手。我说,娘,等大水过后我再出来吧,以后你还要为全村人操心呢!

　　飞机来了,是毛主席派来的飞机。我听见大姐二姐和孩子们欢呼着,呐喊着。我循着人们的视线向天空望去,就望见了一架巨大的直升机在空投食物。食物像蝴蝶一样飞舞着,落在水面上,挂在树梢上,也落在我们栖息的高地上……人们哄抢着,撕扯着,翻滚着,一片混乱。母亲急了,她笨拙地爬上了一个高台,把手用力一挥,大声喊道,社员同志们不要乱,大伙要把食物先让给老人孩子,还有刚生产的妇女,然后把余下的归拢起来,等铁塔回来再按人头分!人们听了母亲的话,又看看母亲的肚子,就停止了混乱,开始互相谦让着,照着母亲的话去做了。那时,我觉得母亲挥手的动作和喊叫的声音和我父亲像极了。

　　大家都盼着铁塔叔回来。母亲更是盼着我父亲回来。可他们俩谁也回不来了。铁塔叔撑着那只木排去村里打捞食物,被坍塌的房子盖在了下面。而我父亲为保千里堤,跳进洪水里,变成一个树桩,永远地长在了千里堤上。

　　洪水退去了。大家推举母亲做了村主任。母亲用手掌和我进行了交流。我理解她的意思,我说,娘,你不用惦记我,该怎么干你就怎么干吧!母亲用一条腰带紧紧地束住了肚子,把大姐二姐交给刚刚生完孩子的铁塔婶，就风风火火地投入到重建家园的斗争中去了。母亲拖着沉重的身子，带领村民整修危房，抢收庄稼，又跑到县上，接来了医疗队，为每个村民打了防疫针。

母亲自己却病倒了。她病了，身体的虚弱再也控制不了我的出生。在医疗队临时搭起的卫生所里，母亲拍拍肚子，对焦躁不安的我说，儿呀，这回你可以出来了，娘知道你以前害怕这场大水，但以后你会怀念这场大水的！母亲说得我十分悲痛，我一边号啕大哭，一边飞快地爬出母亲的子宫，爬出母亲的生命通道。我，终于瓜熟蒂落了。

40年后，当我们被干旱、风沙、冷漠、自私包围以后，已经人到中年饱经沧桑的我，领会了母亲那句话的全部含义。

于是，我开始怀念1963年那场大水了。

白　洋　淀

荷花说，水你这个狠心贼，你一句招呼也不打，就抛下俺们自己跑了。你真是个狠心贼。你忘了当初，是你死乞白赖地追求俺。俺爹妈都不愿意，说你这人水性杨花靠不住，炮火连天没实话。俺就是不听，俺说就是喜欢你宽阔的胸怀和如水的温柔，俺还喜欢你的甜言蜜语和惊涛骇浪般的激情，尽管那激情总是发生在夏季。所以俺就不顾一切了，俺连你的彩礼都没要，就自己把自己嫁过来了。为这个，俺和娘家还断了来往。俺就几十年没回娘家，俺就死心塌地地跟你过日子，俺就在你那张特大的水床上和你结了婚,和你生了一大堆孩子。俺和你生的孩子,那真是俺一生的骄傲,全白洋淀的人,全世界的人没有不夸奖的。女儿们一个比一个俊俏,儿子们一个比一个挺拔。后来,俊俏的都让外人领走了,挺拔的也自己娶了媳妇另立门户了。如今,又剩下了俺,剩下了俺这枝秋后的残荷。而在这一段漫长的时间里,你除了回家睡觉,就是在外面忙活,很少关心家里的事。俺知道你在外面有事业,可人家有事业的男人多了,谁跟你这样不心疼老婆?噢,你以为供俺钱花就是疼俺了,俺才不稀罕你那俩臭钱呢!俺稀罕的是咱年轻时候的那份感情。可现如今俺还往哪里去找那份感情?莫非你在外面有了人?

芦苇说,水在外面是有了人?我就是其中之一。我是在那个迷人的雨季认识水的。在此之前,我们那里一直连年干旱,庄稼颗粒无收。我们全家开始了逃荒。我的父母和姐弟都死在了逃荒路上。只有我自己,这个苦命的孩子,这个命大的孩子,这个受罪的孩子,挺着因吃树皮草根消化不良而肿胀的肚子,来到了白洋淀。我就昏倒在白洋淀的千里堤上。接着,那个迷人的雨季就降临了。那真是一个迷人的雨季,那个雨季就是水带来的。水,那个能干的男人,他在千里堤上发现了奄奄一息的我。他把我抱到了他的船上,把我带到了他的那片茫茫的水域,把我带到了他那个临时搭起的水上茅屋里。他用白洋淀的鱼虾替换了我肚里的树皮草根,他用白洋淀的清水洗去了我身上的污垢。我发现了自己的苗条和美丽。我发现了自己的青春和欲望。而这一切都是水给予我的。我应该报答他。我决定留在白洋淀,留在水的身旁。我这样想了,我也这样做了。那个迷人的雨季过去之后,我就这样把自己像株芦苇一样种植在了白洋淀,种植在了水的身边。我帮水开始了他预想中的事业。他承包了千亩水塘,他养鱼、养蟹,他养荷花,他建起了水上旅游岛,建起了荷花大观园。一度衰退的白洋淀的旅游业因水而红火起来,水一下子就成了知名人士。水发达了,水有了汽艇,有了别墅,有了汽车,也有了随身女秘书。而我,却随着水的发达一步一步退出水的生活。当白洋淀成片成片的芦苇被水和水的弟兄和水的子侄们削倒之后,当白洋淀一个又一个的旅游景点被建起时,我黯然神伤。我在一个雨天离开了水。我宁愿像根芦草一样长在干旱的岸上,也不想这样委屈地生在水里。这就是我,一个叫芦苇的女人的性格。

小鱼说,那个叫芦苇的女人走了。她走了其实怪可惜的。可情场无情呀!像水这样的男人谁愿意放弃?他成熟、内敛、有魅力,当然,也有钱。可天地良心,我绝不是冲他的钱来的,也绝不是凭着自己的年轻和姿色迷惑水。我可是凭着自己一口流利的英语被水从人才市场招聘来的。其实当初也没想和水发生点什么,只是想在当导游的职业中寻求自己的价值。水的旅游岛需要我,水需要我。他需要我的英语,也需要我的身体。水是在那次和外商谈判时让我喝醉的。外商想在白洋淀建一个新的旅游项目,但因为白洋淀水少而犹豫不定。我们就把外商请到了城里那家最好的大酒店。我们就和外商喝呀,玩呀,就闹到了很晚。我们就住在了酒店,趁着醉酒,水就像水一样浸泡了我的身体。在水的浸泡里,我真成了一条茫然失措的小鱼。我是一条醉酒的小鱼,而水是酒。但我记住了那个夜晚那个男人说的一句话:鱼儿,好好跟我,项目谈成之后,我送你出国!后来,那个项目谈成了,可水却没送我出国。他说他离不了我,他说他的事业离不开我。我知道他说的是真话,但我还知道他其实心疼钱。水,你这个吝啬的男人!你不是心疼钱吗,我非让你疼死不可!我开始实施自己的计划。我主动找到了那个外商,在他毛茸茸的怀里,我强忍住恶心请求他的帮助。他答应了。我把水的 500 万贷款转移到了国外,之后顺利地拿到了出国签证。在离开水的那一刻,我深深地吻了水,同时,我听到了荷花和芦苇的歌唱。

水说,我什么也不用说了,你们都知道了我的故事。正因为你们都知道了我的故事,我才下决心离开我生活了这么多年的白洋淀。我走了,但请你们记住,我是白洋淀的水,我曾经在白洋淀生活过!

马 涛 鱼 馆

渔船像口锅,翻扣在千里堤上。马涛也顾不得锅底的黑,就一屁股坐在了锅上,一边抹着汗一边对旁边气喘吁吁的马柱说,淀干了,爸!

是干了。马柱还在猫腰撅腚地擦拭船上的泥土,头也没抬。他想在船上涂一层油漆。爷儿俩刚刚把船从白洋淀里拖到了岸上晾晒。

你涂漆也没用,淀干水净,没鱼了,船也没用了。马涛眯起眼睛瞅着越来越强烈的阳光,这死老天爷,也不下场大雨,莫非让人心也要干透了?

马柱没听儿子抒情,拿着油漆瓶子和毛刷过来说,马涛,你起来。

我起来干吗?马涛依然瞅着阳光,他已经瞅出了一个花花绿绿的世界。

你起来,我刷漆!

你刷吧,我起来你刷吧! 你好好地刷! 马涛说。

可我起来,我就走了。马涛又说。

你走我也得刷。我就不信这白洋淀不来水! 马柱拽了儿子一把。

马涛就起来,从堤坡的小柳树上摘下他那件红色的衬衣,头也不回地走了。

马涛去了县城。离开了水的马涛徘徊在阳光下的城市里,感觉自己像一条行走在岸上的鱼。城市也是干的,城市里没有港汉,没有芦苇,更长不出荷花来。马涛把那件红色的衬衣脱下来,用手举过头顶,开始在大街上奔跑。衬衣就在风中铺展成一朵硕大的荷花。

能制作荷花的马涛在一个烹饪培训班里学习。不久,他应聘到一个单位做厨师。一天一顿午饭,马涛的活计就很清闲。干完活儿,还可以到传达室和警卫、保洁工聊天、看报,侃侃世界杯什么的。马涛就觉得自己也成了单位的人,甚至产生了转正、找个城里对象的想法。他把这想法和食堂服务员温小暖说了。温小暖就笑着说,马涛你真逗,你要是能转正,我他妈都当局长了。马涛听了这话,像泄了气的皮艇,一下子蔫在了水面上。

温小暖的打击刚刚过去,单位就换了个领导。新领导一上任就约法三章:全体职工中午一律回机关吃饭;有宴请也要在食堂里安排;食堂要一天一个菜谱,保证饭菜的多样化。

吃饭的人多了,马涛就变得忙碌起来,再没有聊天看报侃足球的时间了。忙倒没关系,问题是众口难调。这些官老爷在外面吃顺了嘴,回到食堂不习惯,不是熬菜嫌咸了,就是做鱼嫌淡了,絮絮叨叨的指责让忙得一头汗水的马涛心里冷冷的。最不能忍

鱼图腾

受的是那天新领导的发火。那天本来领导的胃口挺好,还和大家有说有笑的。可吃着吃着就皱了眉,他从嘴里拽出了一根金黄色的头发。领导就把筷子啪地一摔,马涛,你看这是什么?是不是白洋淀里的草?我要扣你的工资!

被扣工资的马涛就辞职不干了。临走前,他拿过一把大剪刀,找到正在午休的温小暖,咔嚓咔嚓把她染得金黄色的长发剪了个精光。

马涛又行走在城市的阳光里。他又一次把那件红色的衬衣举过头顶,让它招展成一朵盛开的荷花。招展完了,这朵荷花就飘落在黄家鱼馆的屋顶上。

黄家鱼馆的老板收留了马涛,喜欢上了马涛,并把家传的全鱼宴制作秘方传给了马涛。一时间,马涛成为全鱼宴的名厨。在他的主厨下,黄家鱼馆成为县城一个热闹的去处。

在品尝全鱼宴的人流中,温小暖来了。马涛看见她的头发长出来又染成了金黄色,像一条黄花鱼。跟在黄花鱼后面的竟然是单位的新领导。那天,马涛亲自给他俩上的菜。马涛笑吟吟地对领导说,领导,你不是不到外面吃饭吗?怎么还带了个俄罗斯小姐呢?

领导就十指交叉地笑着,是你小子呀!这不是什么俄罗斯小姐,她现在是负责后勤的温主任,我带她是来向你学习的!

马涛就把一条红烧鲇鱼端到了他们面前。他在鲇鱼肚子里填上了一团头发。

马柱终于在黄家鱼馆里找到了马涛。那时马涛正和黄老板的女儿黄春健高兴地数钱。马柱啪一下就给马涛一个脖拐儿,你小子在这里玩开心了,我和你娘想你都想疯了!

马涛被扇蒙了,被扇乐了。马涛对春健说,这是咱爸,你快去倒水!

爸,你早不来晚不来,偏偏在这鱼馆红火的时候来。你来了,我就该回了! 马涛把钱放好,捂着半边脸说。

小子,白洋淀来水了,我那渔船又可以下淀捕鱼了……

马涛站起来,撇撇嘴,就你那破船? 早过时了。我要买一艘快艇,还要把咱家临堤的房子拆了,盖个饭店。告诉你,不叫黄家鱼馆,也不叫马柱鱼馆,就叫马涛鱼馆! 你说行不行?

你是说你答应回家了。马柱举起手来,又给了马涛一脖拐儿,不过这次没扇响。

马涛点点头,把马柱摁在了椅子上,望着鱼馆外面的车流人流和高楼大厦,慢慢地说,爸,城市好,可城市是别人的城市,不是我的。我的家在白洋淀,在千里堤上。

一个月后,风生水起的白洋淀边,荷香飘逸的千里堤上,马涛鱼馆正式开张迎客了。

芦 苇 花 开

芦苇花开时节,鱼雁回到了采蒲台。

那天,鱼雁一下公共汽车,就碰上了千里堤上马涛鱼馆的老板马柱哥。虽然多年不见,但马柱还是一眼认出了当年水乡出了名的渔家靓妹。鱼雁从车上下来走到码头的时候,马柱正在给他的快艇加油,见了她,一下子就把油桶扔在了堤坡上,哎呀,这不是鱼雁妹子吗? 你也知道咱白洋淀引来黄河水了,这是回家旅游来了？你走这么多年，可该回来看看了。怎么就你一人？孩子呢？妹夫呢？

鱼雁就红一下脸，反问，柱哥，我自己回来咱白洋淀就不欢迎了吗？

瞧你说的，欢迎欢迎！俺们巴不得你和妹夫全家从城里搬回来呢！马柱哥搓着油手笑着，那天我和老等兄弟还念叨了你半天呢！

听了这话，鱼雁像一朵盛开的荷花突然经了霜，霎时凋零了不再年轻的脸。过了好久，她才慢慢地缓过来，柱哥，别提我的家好吗？我没家了，以后白洋淀就是我的家。真的，我这次回来就不走了！

鱼雁说得不错，就在昨天，她和丈夫蒙古办理了离家手续。说是离家不是离婚，是因为婚早就离了。房子钱财全部归她，上大学的女儿他来供给。他要的是自由。协议写好以后，两人签了字，蒙古就急忙下楼钻进了那个女人的本田车，然后一溜烟地飞走了。

爱情远遁，婚姻如砸碎了的玻璃，扎破了 20 多年的时光。所有的一切都在时光里无情地渗漏。蒙古啊蒙古，你人都走了，我还要这房子和财产有什么用？我鱼雁当初可不是冲着你的房产才嫁给你的，我看重的是你能给我一种新的生活。那时候，白洋淀发现了油田，你们钻井队来这里采油，你就住在我们家。我给你做小鱼贴饼子、炖鲶鱼豆腐、熬黑鱼汤……你知道那鱼是哪里来的吗？那是老等哥光腚下淀捉来孝敬我爹娘的。可我都偷着给你吃了。你吃了鱼不算，还把我也当鱼吃了。你说我这条鱼才是真正的鱼，白洋淀千百年来才出这么一条美人鱼。你还说，我这样一条美人鱼如果永远游在白洋淀里，那是白洋淀的残忍。于是你就把我带走了,带到了刚刚兴起的那个华北石油城。我走了,我的爹娘高兴,我终于可以成为城里人吃商品粮了。可我的老等哥傻了。载着我们的机帆船路过荷花淀的时候,我还看见他立在一只木船上,高举鱼叉用力向远处掷去。阳光里,他像一尊黝黑的雕像。鱼叉落处,必定有一条大鱼。可我不会再吃到老等哥的大鱼了。

　　生活中有比吃鱼更重要的东西。蒙古,我被你安排进了采油厂当工人。我和你就开始了 20 多年的城市生活。直到企业改制,我们都买断了工龄,离开了工厂,生活才出现了暂时的停歇。可后来又有了个政策,说是离婚的夫妻能安排一方上班。我就和你办了个假离婚。我让你上了班。谁知,你一上班就像射出去的子弹再也不回枪膛了。再后来,你就名正言顺地有了新的女人。我再也不是你那条爱吃的美人鱼了!

　　我成了城里一条干涸的老鱼。老鱼开始恋水,便想念自己的水乡了。于是,我回来了。哦,梦里水乡,你可淳朴如初?你可美丽依旧?

　　就在鱼雁愣神的工夫,马柱已经把汽艇收拾停当。他虽然读不懂鱼雁的心事,但他知道鱼雁再不是当年那条单纯的美人鱼了。她的心里窝着一汪水啊!他提高嗓门爽朗地对鱼雁说,妹子别想那么多了,回来好,回来就好啊!你看俺,这些年,开了饭店,盖了楼房,买了汽艇。咱水乡的好日子比大楼高,比歌厅宽,比超市亮。你看见这千里堤没?比堤还长。你看这满淀开花的芦苇没?比它还厚实!

　　对了,你知道不?人家老等可是发财了,马柱又说,你说那么粗壮的一个人,过去迷逮鱼,打你走后就像变了个人似的,发了几年蔫儿,话少了,可长心了。他又迷上了苇子。我多少次开船看他，他不是在苇地里转悠，就是在屋子里鼓捣。有时候就在一捆苇子上睡了，满脸的苇缨子苇叶子。你猜怎么着？人家成了水乡远近闻名的芦苇工艺师。他用芦苇、水草当材料，剪剪、贴贴、烫烫、刻刻的，就弄成了芦苇画。然后用镜子装裱上，能卖大钱呢！听说最近还和外国人做上了生意呢！只是，只是……这小子到如今还没个老婆，唉，鱼雁，他的心里满了，放不下别人了，这个老等没死心，一直在等你啊！

鱼雁心里窝着的那汪水就化作泪汹涌而出，哗哗地淌落在新水初涨的白洋淀里。盛开的芦花漫过来，包围了鱼雁。她赶紧别过身去，装着擦眼，抓过一把芦花把眼泪抹了。然后她笑着对马柱说，柱哥，我不想坐快艇，你找个木船来，我要自己划回家。我想好好看看咱们的白洋淀！

就这样，天还没完全黑下来的时候，鱼雁和船就回到了采蒲台。村口，祖先曾采蒲用的高台上，一个汉子站成了一棵树，正坚硬地等在那里。汉子的周围，飞舞着团团精灵般的芦花。

金 月 亮

安静五岁或者六岁那年，她和小朋友们一起到白洋淀游泳，突然在淀边摔倒了。爬起来以后，她就觉得自己的身体有些异样，手伸不开，腿伸不直，也没有疼痛，就是浑身软绵绵的，没什么力气，走路直摇晃。怪了，安静的父亲逢人便嘟囔，我家祖宗八代都没有什么遗传病，更没有干过什么缺德事，怎么到我闺女这儿就得这种怪病呢？

父亲就领着安静到城里看医生。医生也说不出来是什么病，做了手术，安静也没有恢复。直到有一天，终于站不起来。父亲不再嘟囔，而是给她买了个轮椅。从此，安静的轮椅人生就开始了。

其实轮椅就轮椅吧，不影响吃喝，不影响上学。安静功课很好，也知道国家允许她这样的人上大学。可是后来一系列的变故，使安静有些措手不及了。

先是父亲出了事。白洋淀水位下降以后，淀里无鱼可打。没有了鱼和水，便没有了渔民的灵魂。父亲和几个邻居投资买了一条大船，他们到渤海湾出海打鱼去了。经常一去就是一年。谁知在一次深海捕鱼时，突起飓风巨浪，船和人再没有回来。

接着就是母亲改嫁东北。母亲走的时候搂着三个孩子说，静儿，你有怪病，娘就又生了安康和安宁，可还是不行。你弟傻，有智障，整天流着大鼻涕，话也说不顺溜。你妹拐，天生软骨病，离了拐走不了路。不是当娘的狠心，娘命不济，克夫克子，娘留在这里，说不定连一村人都跟着遭殃呢！

娘走了，娘用荷叶包着一把白洋淀的泥土走了。把留着大鼻涕的傻弟弟和拄着拐杖的瘸妹妹留给了安静。安静望着母亲风雨中的背影，对哭天抹泪的弟妹说，别哭了，娘走了，往后，姐就是你俩的娘！

当娘就得有当娘的样子。安静离开学校，进了一家服装厂上班。她坐着轮椅来到了缝纫机前。她把线轴绕在梭子上，把线头穿在缝纫机针上，把布料铺在了针下，然后试着去蹬踏板。绵软的腿劲儿使不匀，针下来了，伸不舒展的手指却躲不开，一下子穿透了她的拇指。血流出来，她的泪也流出来了。她把血在褂子上蹭干,又蹭。食指又被穿透了。这次她没有流泪。她只是把食指放在嘴里吸吮。她边吸吮边蹬踏板,边观察针头上上下下的频率。观察了半天,她心里有数了,又接着干,踏板、续布、躲针。啊,成了! 她把自己的手指拧在了自己的大腿上。

一月以后,安静的手脚适应了缝纫机,她做出的活计比健康的工人还多还好。厂长田螺给她发了工资,又给了她 100 元奖金。

安静用工资奖金交了学费。她把安康与安宁送到了学校。那天中午,她从服装厂摇着轮椅回到家的时候,看到安宁一人挂着拐杖脆生生地读课文。雨后的阳光照到院子里,灼热而湿润。安静赶紧点火做饭。柴火是淀边的蒲草,不好着,只冒烟没火苗。安静从轮椅上扑下身子用嘴去吹,噗——噗——由于用力过猛,一下子栽倒在灶火旁。火在这时候腾的一声着了,她的头发瞬间被烧光了。

吃饭的时候,才发现安康不在。安静就问,你哥呢? 你哥怎么没和你一起回来? 安宁说,在学校排好队分好桌,他在桌子上刻字,老师就让他在院里罚站,放学后我没见到他。

安静骂了一句死妮子,就出溜下炕,上了轮椅。她把轮椅摇成了自行车。轮椅自行车飞一样地把她带到了学校。门卫看着她的光头,怪笑着告诉她,一帮罚站的小孩最后走的,起着哄到白洋淀里洗澡去了。

摇椅自行车就又把安静带到了白洋淀大闸前。安静知道,这里水面宽阔,水清波平,是孩子们的乐园。果然,安康在这里。光屁股的安康此刻立在 10 米高的闸板上,张开双臂像一只水鸥,正要展翅飞翔。一群孩子戴着荷帽吹着苇哨,正击水呐喊。安静急了,她想大声阻止安康,可急火攻心却说不出话来。她只能眼睁睁地看着安康往前一跃。她的眼珠飞了出去，随着安康的身体在空中翻了个个儿，然后坠入水中。安康溅起了几点水花，入水动作漂亮极了。安静的眼珠又回到了眼眶。就是在这时候，安静突然对自己说出了话，我弟弟怎么会有智障呢？有智障的孩子怎么会跳出这么漂亮的动作呢？

安康水淋淋地来到了安静的轮椅前，等着挨骂。他却看见他的光头姐姐笑了。姐姐摸着他的脸，把他的大鼻涕抹净说，安康，你真棒，你练跳水吧，姐支持你！

不久，安静在田螺的帮助下，购买了几台编织机，开了一家精品毛衣编织店。后来又与田螺合伙开了一个白洋淀芦苇工艺编织厂。2008年，安宁考入了北京农业大学，安康参加了在北京举办的残奥会，获得了一枚跳水金牌。

颁奖仪式上，安康和安宁把安静推到了领奖台前。他们把那枚金牌，恭恭敬敬地戴在了姐姐的脖子上。

那晚，正是中秋，天空挂着一轮金月亮。

叙 事 光 盘

A盘：故事开始的时候，哈头正在他家的院子里扫雪。快扫到门口时，他家那两扇破木板门突然咣当一声就被踢开了。哈头吃了一惊，看见他爹哈大年裹着一身风雪和酒气闯进家来。哈头就知道他爹又在外面赌钱和喝酒了。哈大年瞪着眼珠子看了哈头一眼，哈头赶紧收回扫帚让路。哈大年就趔趄着迈上台阶，扑进屋去。不一会儿,哈头听见了他爹的叫骂和他娘的哭喊。哈头就知道他爹又输钱了。

这已经成了惯例,哈大年只要一输钱,就会到供销社里赊上半斤散装二锅头,也不要下酒菜,一直脖儿就灌到了肚里。然后就是回到家打老婆、骂孩子、摔家伙。每逢这时,哈头总是护着他娘,身上被打得青一块紫一块的,也只有攥着拳头出闷气。哈头私下里曾对他娘说,娘,咱这日子什么时候才是个头儿?他娘就搂住他,眼睛哭成了水蜜桃,儿啊,忍着吧,怎么说他也是你爹呢,你长大争口气,咱和这死鬼分开过!

哈头就一直忍着。可他今天却再也忍不住了。听见娘在屋里的哭喊比以往激烈,哈头就知道爹今天下手肯定很厉害。他扔掉扫帚就冲进屋去。他看见那半个嘴儿的茶壶已摔碎在地,娘瘫坐着捂着脑袋,血从手指间流了出来。哈大年正翻箱倒柜地寻找着什么。哈头就对他爹喊了一嗓子,你输了钱干吗总拿我娘撒气?哈大年就停了寻找,扭过头来说,我要你娘那对银镯子,她不给。她不给,我就打她!就是不给你,给了你好又去赌,早晚咱这三间房也会被你输光了!哈头攥着拳头又喊了一句。

哈大年的巴掌就猛地落了下来。哈头的头嗡的一声炸开了,一个跟跄跌倒在娘的身上。娘就发一声歇斯底里的哭喊,哈大年,你把我们娘儿们杀了吧……

哈大年的嘴里喘着粗气嚷着,杀了就杀了,你以为老子不敢?你们不给我那银镯子,就杀了你们!说着,他就从外面拿来了一把切菜刀,一边挥舞着把哈头踢了个滚儿,一边不干不净地骂着扯过哈头他娘的头发,说,你给不给?娘黏着血迹的脸和脖子就横在了哈大年的刀下,她闭上眼睛,痛苦地咽了一口唾沫,不,不给……

哈大年就举起了菜刀。

嘭——咣啷——刀没砍进娘的脖子,却落在了地上。情急中的哈头把一个炕沿砖楔在了他爹哈大年的脑壳上。哈大年半头牛似的身子重重地摔倒了,血和脑浆溅了哈头娘儿俩一身……

快进:哈头去公安局自首。哈头被判了无期徒刑。哈头被送进了监狱。哈头在工厂劳改。哈头在车间聚精会神地学习生产技术。哈头在火中抢救国家财产立了功。哈头无期徒刑改为了有期徒刑。20年后,哈头刑满释放。

B盘:哈头回到了村里。他看见他家坍塌的房屋,还有长满荒草的院落,他就跪在了老宅前。在两个姐姐的帮助下,哈头翻盖了房子,又经别人介绍,娶了一个死去男人的女人,还带着一个十几岁的儿子。结婚那天,哈头对女人和儿子说,我有力气,也有技术,以后咱们的日子会好起来的!

日子好起来是从镇上筹建电力金具厂开始的。镇上的领导听说哈头劳改时学了电力线夹线鼻的技术,就把他请去当了技术员。后来机构改革,哈头就承包了工厂,取名为"东方电力金具厂"。他来到曾经劳改过的监狱,不仅聘请来了几个老工程师,而且还发展了业务关系。哈头的工厂一下子就红火起来。

哈头就成了哈老板。哈老板有了汽车,有了手机,有了保卫,也有了秘书。哈头的秘书是个女的,姓姚,是他在一家酒店带回来的小姐。哈头那天来了个客户,生意谈成后去县城喝酒,一人叫了个倒酒的,哈头就认识了小姚。哈头把小姚带回工厂做了秘书。哈头不管是出门旅游、洽谈生意还是出席宴会,都是香车美女,好不惬意。

可好景不长。村里的女人和儿子找上门来了。在哈头的办公室里,女人和儿子愣是把小姚打跑了。更绝的是,女人叫儿子学会了开车，做了哈头的司机，自己也从村里搬到了镇上。

没有了秘书的哈头还是哈头。他白天调度生产，迎送往来，晚上就回到自己的女人身边。在床上，女人问哈头，是我好还是那个小姚好？哈头把眼一翻，打着哈哈说，当然是你好了，咱们是患难夫妻嘛！女人就得了满足，把嘴一噘，哼，我要是年轻10岁，再有点文化，给你当秘书蛮够格！哈头却打起了呼噜。

哈头出事是女人生病在县城住院以后。那天哈头对儿子说，你照看着你娘，我出去办点儿事。儿子说，我开车送你去！不用了，哈头一摆手，就一人出了医院大门，走上了公路。

儿子却开着小车追了上来。儿子说，我知道你去办什么事，可今天我不让你去！哈头说你知道个屁！儿子说你去找那个小姚，你根本就没和她断过来往，你花钱给她买了个三室两厅，就在阳光小区6号楼3楼西门对不对？哈头就没了言语。儿子继续说，你看我娘她得了癌症活不了多久了，你应该守着她。你今天要不去，我以后也不管你，你今天要去，咱俩就有个你死我活！

哈头就哈哈大笑起来，没想到你小子还是个克格勃，你甭吓唬我，越吓唬我，我越去！我给你们那么多钱财，难道还没这点自由？哈头笑完，就撇下儿子和他的汽车，向一辆出租车走去。

儿子发动了车子，喊了声，你别去！哈头没有回头。儿子又喊了一声你别去！哈头还是没有回头。儿子就打正方向，一咬牙，挂上高挡，猛踩油门，汽车就准确地向哈头冲去。

慢放：哈——头——就——飞——出——去——了——五——六——米——远——在——空——中——划——了——一——道——弧——线——然——后——像——床——破——棉——被——子——一——样——飘——在——了——地——上——血——就——洇——湿——了——马——路——洇——湿——

了——时——空——与——他——爹——哈——大——年——
的——血——汇——聚——在——了————一——起——

我用你的眼睛看他

我有一双美丽的眼睛。人们都说像极了电视剧《封神演义》中那个妲己，如水的湿润中带着一种不可抗拒的狐媚。

可这本不是我的眼睛。我原来没眼睛，我是一个盲妹。我是父母的掌上明珠。我的父母都很有权势，他们身体健康，万事如意，但就是我的眼睛让他们挠心。他们一直没有停止对我眼睛的治疗，可无论请多少名医，花多少钱，也无济于事，直到遇到那个女囚。

听人说，那是一个美丽的女囚。她的那双眼睛像极了电视剧《封神演义》中那个妲己，如水的湿润中带着一种不可抗拒的狐媚。就是这双眼睛，雷电一样击中了许多男人，使得那些男人甘愿为她跳进美丽的深渊。她在临死之前提出了一个请求，她愿意把眼睛完整地摘下捐献给我。我不知道她怎么知道我是一个盲人的，但我知道她死得非常镇定自若。她没用任何人的搀扶，就自己走入了刑场。刑场上，她用那美丽而狐媚的眼睛扫了扫行刑的人、看热闹的人群和等待在身后准备移植眼睛的医生，眼里就有泪水涌了出来。她扑通一声跪在了地上。枪声响起的刹那，她的披肩长发飞扬成了迎风招展的黑色旗帜。她死了，可她的眼睛还活着，活在了我的眼眶里。

有了女囚的眼睛,我由盲人变成了一个美丽的女孩。我有了一双湿润而狐媚的眼睛,像极了电视剧《封神演义》中的那个妲己。我看到了天空、大地、阳光,还有花花绿绿的人们,我也看到了父母憔悴的脸和兴奋的眼神。我感谢他们,我扑在他们的怀里狠命地亲吻他们,他们把我抬起,放下,又抬起,又放下,然后抛在我的闺床上。那一刻,我发誓,我一定好好报答他们,做一个孝顺听话的乖孩子。

　　但后来我没做到。问题就出在我的婚事上。我的眼疾好了之后,给我介绍对象的人多了起来,我一个也看不上。那些男孩或者男人一接触我的目光,就像遭了雷击一样不是瑟瑟发抖,就是神情萎缩,要不就是死不要脸地盯住我,嘴巴张得能塞进一个苹果,口水滴在西服领带上也不知道。特别是爸爸的领导的儿子,第一次见面就想和我拥抱接吻,我就用那湿润而狐媚的眼睛狠狠地剜了他一下。这可麻烦了,那小子顿时抽开了羊角风,四脚朝天地躺在地上乱扑腾。我赶紧打了120急救电话。我父母看到这情景,还不停地埋怨我,死丫头,看这事闹的!我很不高兴地嘟囔道,这能怪我吗?是他们怕我这双眼睛!你们看,我这眼睛怎么了?我把眼睛抬起来,近距离地放在了父母的视线里。没想到,父母今天看到我的眼睛,竟然也像遭到雷击一样脚步踉跄着向后仰去,重重地摔倒在了沙发上。

　　父母就不再看我的眼睛,也不再张罗我的婚事。我也乐得自由自在。我就经常跑到大街上看风景,看热闹。我想把这么多年来没有看到的风景和热闹尽快补回来。可令我不解和伤心的是,大街上竟然没有一个人敢和我对视,他们总是一碰到我的视线,就仓皇逃遁。我知道我的眼睛又出了问题。我禁不住大声嚷道,我没眼睛时,你们可怜我,我有眼睛了,你们又害怕我,你们说这是为什么？为什么？

大街上没有一个人回答我。

正当我苦闷不堪恨不得挖下眼睛重归盲目的时候，一个男人走进了我的视线。那是一个夜晚。在一家酒吧，我独自喝着闷酒，不停地唱着《白天不懂夜的黑》。那个男人很绅士地提着几瓶啤酒走到了我的面前。他把所有的啤酒都嘭嘭地打开，然后就坐下和我喝酒。我们对视。奇怪，他竟然不怕我的眼睛！他镇定地望着我说，我认识你，或者说我认识你的眼睛！我仔细地打量着他，我也认出了他，或者说我的眼睛认出了他，但一时又叫不上他的名字，但我知道我们彼此的眼睛是相当熟悉的。我们一杯一杯地喝着，一瓶一瓶地喝着，直到我醉倒在酒桌上。夜深了，我由着他搀扶着，走出酒吧，也由着他把我带到了他的住所。恍惚间，我觉得我是在自己的家里，并且这样的过程已经重复过无数次了。事实上，我的精神是这样承认的，我的身体却感到了男性的陌生。因此，我不得不推开男人的身体，一骨碌坐起来，有气无力地问，你到底是谁？我怎么就跟你回了家？男人也坐起来，点着一支烟，狠狠地吸了几口，沙哑着嗓子说，我给你讲个故事吧。

一个女人，在银行做会计。为了支持他男人下海做生意，5年里挪用了1300万的公款。女人原以为男人赚了钱会很快将这窟窿堵上的。哪里知道男人其实是个不会经商的人，东一笔款子，西一个合同的，没少让人欺骗。钱很快就没了影儿。为此，女人美丽的眼睛才增添了那种狐媚，她不得不用这双湿润而狐媚的眼睛去和周围的男人周旋，去逃避一次又一次的检查，去吸引男人跳进她眼睛的深渊。但最后还是东窗事发了，男人女人全都被逮了起来。女人一人承担了罪行。临被枪毙之前，女人表示愿意将那双美丽的双眼捐献给主管这个案子的领导的盲女。作为交换条件,女人要求留男人一条活命。后来,检察院将挪用的公款又追回了一大部分,余下的男人也补上了。男人就出来了。出来以后的男人从头做起,自己开了一个酒吧……

天哪,原来是这样!听了故事,我的眼睛突然就像停电一样黯淡了原有的光芒。哦,美丽的女囚,我就用你这双眼睛看着眼前的男人,久久地。看着他,我的眼睛已经没有了美丽和狐媚,而只剩下无奈和柔情了。

牙

侯平阳做牙医,与他的出身有关。

侯平阳出生在一个富农家庭。他的老富农爸爸侯耀宗曾是个磨剪子戗菜刀锔盆锔碗锔大缸的小炉匠儿。那年农闲时节,侯耀宗私自跑到天津郊区走街串巷干了几天手艺活儿,回来后就被生产队长送到了公社,当作投机倒把的典型关了起来,揣在怀里准备度饥荒的 20 元钱也被没收充公了。在全公社万人大会上,侯耀宗挂着大牌子被揪上台去批斗,侯平阳看不下去,就跑上台扶着父亲。主持批斗的公社武装部长念着批判稿,在念到老富农"投机倒把耽误庄稼,破坏农业学大寨"的时候,一时激愤,突然把侯耀宗踹倒在批斗台。老富农爷儿俩就一下子摔在台下。老富农当场昏死过去,侯平阳栽倒在地,张嘴能露出的牙齿都被磕掉了。

磕掉牙的侯平阳不能再上学了,被送到天津郊区高记牙科门诊治疗,治好伤镶好牙后就在那里学牙医。

老富农病死后,侯平阳返回了家乡,进城租了两间门市开了个牙科诊所。起初诊所是他一个人,后来多了一个人。这个人就是他的媳妇苏小绣。

苏小绣是通过看牙才和侯平阳认识的。苏小绣的门牙先天畸形:上边两颗向外翘,上唇包不住;下边两颗向里扎,下唇跟着瘪。平时出门夏天捂着嘴,冬天戴口罩。都快30岁了,连个对象也找不着。侯平阳开业不久,她就找上门来,呜呜呀呀地对侯平阳说,侯医生,拔掉,四颗牙全拔掉,另镶金牙算了!

侯平阳当时看了苏小绣的样子,忍不住笑了。他从学徒到做牙医这么多年,看过了无数稀奇古怪的病牙,就是没见过苏小绣这样的。真是世界之大,啥牙都有啊!瞧人家这牙上凸下凹,碰上个识货的导演说不定能棒成个丑星呢!笑归笑,侯平阳舔了舔冰凉的金牙还是尽着医生的职责劝道,拔掉多可惜啊,又不是蛀牙,也不像我这牙是人为磕坏的,我还是给你矫正矫正吧!

侯平阳先是用超声波为苏小绣洗牙,进行了磨光手术,将尖锐部分磨平,又矫正了上下牙床,最后打上了前后牵引。一年后,当侯平阳递给苏小绣一面镜子,镜子里出现了两排整齐美白的牙齿时,苏小绣义无反顾地扎进了因出身不好仍然光棍儿一条的侯平阳的怀抱。

随后就是另两个重要患者的出场。那是一个老者和一个孩子。那天,老者领着孩子披着阳光迈进诊所的时候,侯平阳就觉得他有些面熟,可脑子转了半天,也想不起在哪里见过。侯平阳把老者让到了治疗床上问,大叔,哪颗牙疼啊?

老者喝着牙花咝咝地抽气,整个嘴都疼!

侯平阳一一检查,发现老者整个牙床已经开始腐烂,牙齿全松动了，满嘴散发着酸臭。侯平阳准备给老者修补牙齿。他一边准备器械一边和老者攀谈，大叔，你这牙疼很长时间了吧？

可不是吗？好多年了，那时我还在公社工作，年轻啊，干了件一辈子都后悔的事。想起来就牙疼，好多次做梦，牙全掉了，满嘴的血啊……

什么事，这么严重？

唉！那时我当武装部长，组织过一个批斗会。一个成分不好的社员偷着做小买卖，搁现在是好事，可那时候是投机倒把啊！万人大会就批他。批着批着，我把他踹倒了。他儿子的牙磕坏了，满嘴的血啊……

听到这里，侯平阳知道这老者是谁了。知道是谁之后他马上停止了工作。咣当一声，他把手术钳一下扔在了医疗盘里，把坐在椅子上的孩子吓得站了起来，也把在里屋歇着的苏小绣惊动了。苏小绣就挺着大肚子一步步挪了出来，望着气哼哼的侯平阳说，怎么了，这是？

侯平阳脸憋得通红，他把老者从手术床上拽了起来，你的牙是心病，是神经病，我治不了！

老人站起来说，你说得对，治不了就不治吧。可孙子的牙也疼，你就再给他看看吧！

侯平阳斜了那孩子一眼，没吭声。苏小绣用大肚子拱了拱他，他就不情愿地让孩子站到了检测仪前。他弯腰看孩子的嘴，孩子满口整齐洁白的嫩牙让他想起了遥远的自己。白的牙，红的血……侯平阳一阵晕眩。

他把孩子抱起来，放到了一个高凳上说，小朋友，你太矮我看不见，来，站高点，嘴张大。你的牙都长齐了，就是后边又钻出了一颗新牙，在牙缝里。这颗牙挤得牙床疼，拔掉它就好了。

这样说着，侯平阳就转身去取手术钳，一个趔趄把凳子带倒了。孩子猝不及防，一下子俯身摔了下来，张嘴能露出的牙齿都被磕掉了……

一月后，苏小绣生了个儿子。一年后，儿子该长牙了，却没长。八年后，儿子上小学了，仍然无牙。

不要你的手

许高阳经理在一次车祸中失去了双手。他先后接受了三次手臂移植手术，都因不能适应而截肢。

第一次移植是在他出车祸的第二天。手臂是一个捡垃圾的男人的。那个捡垃圾的男人是被一辆交通车撞死在垃圾桶上的。说来也怪，死者被疯一样冲上便道的交通车挤成了肉饼，头颅也成了一个摔碎的西瓜，而手臂却分毫无损。只是截肢的时候，死者黑漆漆的手里还攥着两条发臭的熏鱼。医生用福尔马林浸泡了好长时间，才把手上的污垢和油渍清洗干净。可移植到许高阳的胳臂上，他仍然闻到了那两条发臭的熏鱼的味道。许高阳走到哪里，臭鱼味就被带到哪里。许高阳拼命地用肥皂洗啊，用盐水泡啊，用消毒液浸啊。洗完泡完浸完再用鼻子嗅嗅，鼻子认为双手还是两条发臭的熏鱼。更要命的是，许高阳的大脑根本指挥不了这双手。它到处给许经理丢脸。手对笔墨纸砚、公文书籍、票据账目统统不感兴趣，却对垃圾保持着浓厚的热情。办公室的烟头，他拣；厕所的卫生纸，他拣；餐厅员工吃剩的饭菜、啃过的骨头,他也拣。公司的保洁工见经理干了她的活,就吓得整天跟着许高阳屁股后头跑,生怕经理炒了她的鱿鱼。保洁工一边跟着跑,一边带着哭腔说,经理,这不是你干的活,你的位置在经理室,别抢了俺的饭碗啊!中秋节的时候,那手在垃圾桶里拣出了一个发了霉的鸡大腿。手就兴奋着颤抖着往许高阳的嘴里送。保洁工劈手夺了下来,用衣襟狠命地擦着许高阳油乎乎的手,经理使不得,使不得,这是垃圾工吃的东西,你吃惯了大饭店的嘴,怎么能抢这个吃呢?

许高阳恨死了这双手。很快,他就截了肢。

没过多久,许高阳就进行了第二次移植。手臂是一个偷盗犯的。也该偷盗犯倒霉,赶上严打,被判了死刑。犯人临刑前突发孝心,对法官说,俺这双手是好手,有罪的是人,不是手。俺要把它捐献出去,可不是白捐,俺家里还有70多岁的老母呢!当时许高阳正在法庭的旁听席上,他为犯人的孝心和眼泪所感动。他想:能有如此孝心的人,手想必能在人死后会悬崖勒马、迷途知返吧?于是他拿出了10万元给了那位失去儿子的母亲,买下了这双手。然而,许高阳想错了,尽管他心理上接受了这双手,可生理上仍然排斥这双手。换言之,这双手仍然自行其是。在集市上,它掏人的兜;在单位,它撬公司的锁;去同事家串门,它连同事家孩子的压岁钱都偷来装进自己的腰包。有一次去商场买东西,他灵巧地打开车锁,把一辆刚买还没上牌照的宝马开到了自己的家里。偷盗来的东西尽管能够被公司和家里的人及时归还原主,但公安局还是追究了他的刑事责任。在法庭上,审判长对许高阳的双手判处了死刑。许高阳不得不又一次去医院截了肢。

第三次接受移植是经过许高阳深思熟虑后才进行手术的。许高阳这回换了一双女人的手。按他的逻辑,女人的手温柔、纤细、善良、娴静,肯定会接受大脑和身体的指挥的。换了新手后,许高阳按照医生的嘱咐,加强了大脑对双手的联系。他有意识地刺激大脑皮层对新手的调控、锻炼,有意识地在日常生活和工作中驾驭双手。功夫不负苦心人,新换的双手果然听命于他了。写字、画画、拍桌子、砸玻璃,他想干什么就能干什么,真正做到了得心应手。美啊,高兴啊,抑制不住内心的激动啊,他就把双手灵活的手拿给老婆看,自夸道,来,比比看,我这双手比你那双手可是强多了!老婆眼皮也没抬一下,嘴撇到了后脑勺,抢白道,它多好,那也是别人的,我这手多不好,也是咱自家的,你就甭臭美了!

许高阳不以为然,仍然臭美,还臭美到了一位总公司领导面前。那天,领导来公司视察,许高阳请领导吃饭,吃完饭又去按摩。在按摩室,领导刚在床上躺下,意外就发生了。许高阳的手竟然脱离了大脑的控制,迫不及待地离开了他的身体,跑到了领导面前,代替服务员为领导做开了按摩。先是按摩领导的头,再是按摩领导的胸,后是按摩领导的腿⋯⋯手在领导的身上灵巧游走的时候,许高阳听到了那双手轻轻的哭泣。手哽咽着说,领导啊,你可是好久不来看我了,你也忒狠心了!在这张床上我给你按摩过,服务过,你夸我这手是魔手,夸我是快乐之源呢!可你没能保护我,我还是被歹徒害了。他们玷污了我的身体,还抢走了我的辛苦钱,你可要给我做主啊!

许高阳被那双手的话惊住了。原来,那是一双小姐的手啊!

很快,许高阳毅然再一次截了肢。

脸

　　叶芽到城里的时候,是带了几张脸去的,颜色、薄厚、质地不同的几张脸。叶芽想:在城里人生地不熟的,带上几张脸也许会大有用途的。后来很长一段里的时间证明,叶芽的想法还是正确的。

　　叶芽是在看了极乐天大酒楼的招聘广告才产生应聘当服务员的想法的。她对父母说,我想到城里去做点事。父母说,城市是城市人的城市,不是我们的,就好比一只羊跑进马棚里,弄不好会被马踢上一两脚的。叶芽微微一笑地说,我会小心的。

　　叶芽就这样来到城里,开始了她的城市生活。其实叶芽穿上那套合身的蓝色衣裙,加上细细的身段、白白的皮肤和落落大方的微笑,别人是看不出她是一个农村姑娘的。这别人指的是客人。起初叶芽就是在8号雅间里给客人服务的。她的服务项目就是斟茶倒酒端菜。客人吃完饭拍拍屁股一抹嘴走了,她还得打扫战场,把那些杯盘碗碟还有满屋的酒气统统拾掇出去,然后再换上一桌干净的餐具和一屋干净的空气。常常是下午忙到两三点,晚上忙到大半夜,累呀!

　　好在有人关心她,体贴她。谁?客人。那个常来8号吃饭的莫经理有天结完账边剔着牙边对她说,小叶呀,你服务很周到,辛苦了。说着就很疼爱地在叶芽的脸上轻轻地摸了一下,叶芽就觉得那胖手摸到的地方滑腻腻的,她那张薄脸就腾地红了。她说,莫经理,往后还请你多关照呢!这时,莫经理就摸出一张 50 元的票子塞到叶芽手里,顺势拍着她的肩膀说,小叶,陪我到楼上跳跳舞好吗?

　　叶芽就这样跟着莫经理上了二楼的舞厅。舞厅里,乐曲悠扬,霓虹闪烁,红男绿女们一对一对地相拥相偎,在舞池里旋着转着。他们找了座位坐了,要了茶点,就先看别人跳。叶芽想,那女人们的脸怎么就这么厚呢?大庭广众之下就让男人搂来搂去的,臊得慌呢!叶芽这样想的时候,莫经理就站起来了,莫经理说,小叶咱们也跳舞吧!说着,他还来了一个很洋式的邀请姿势。叶芽慌忙摆手,我不会跳!莫经理就把叶芽拽了起来,来吧,我教你,很好学的!

　　叶芽就被莫经理拉下了舞池。当莫经理的手搂上叶芽的腰时,她突然说,莫经理你等一下,请你等一下。说完叶芽就匆匆地跑出舞厅,匆匆地来到她的宿舍,匆匆地打开了她的行李包,从她带来的那几张脸里挑了一张用包装纸做的,把那张一见男人就变红的嫩脸换了下来。

　　换了一张脸,叶芽就觉得和男人跳跳舞其实并没有什么,跳跳就跳跳嘛,大家都放松放松,激情激情,把在酒场上吸收的能量在舞场上释放释放,也是一件好事嘛!这样一放松,叶芽就很自然地伏在了莫经理的怀里,随他去了。色彩缤纷的灯光下,叶芽再看舞池里的女人们,她就觉得她们的脸都出奇地相像,就像自己现在这张脸。原来舞厅会改变女人的脸呢!

　　那一晚,莫经理又给了叶芽 50 元小费。捏着莫经理两次给的 100 元钱,叶芽失眠了。100 元,顶她半个月的工资呢!看来,当服务员真不如陪人跳舞挣钱容易呀!

　　几天后,叶芽学着那些陪舞小姐的样子,上街买了一身露胳胳露腿的超短裙，又描黑了眉毛，涂红了嘴唇，当了一名舞女。

莫经理就常来找她。有时他们在大厅，有时他们去包厢。跳舞，唱歌，喝酒，拉家常。时间一长，叶芽就觉得莫经理这人挺好。有了这种感觉，接下来的事情她就认为都是自然而然的了。所以，当莫经理向她提出那个要求后，她也只是说，莫经理你等一下，请你等一下。她又匆匆地回到宿舍，换上了一张用平面绒做的布脸。那一次，莫经理给了她5张大钞。

莫经理也有不来的时候。他不来，叶芽就坐别人的台。什么梅董事长，吴厂长，魏科长啦，她都陪过。

可莫经理不高兴了。他又一次来到极乐天歌舞厅的时候，叶芽又坐了别人的台。莫经理就一人在包厢里喝闷酒。叶芽下台后，已经是半夜了，她走进莫经理的包厢，哇了一声，就像蝴蝶一样乍着翅膀飞了过去，莫哥——莫哥却一把将她推倒在沙发上，去！叶芽也不生气，她走到莫经理身边，替他倒了一杯酒，你还真吃醋了？莫经理瓮声瓮气地说，你是我的，我不许别的男人碰！叶芽就一撇嘴说，那你就把我娶回家吧，娶回家，我就整个是你的了！

一句话提醒了梦中人。莫经理就真的把叶芽"娶"回了家。他为叶芽买了一套楼房，把她养了起来。叶芽刚住进那套楼房的时候，还有点别扭，摸摸平面绒做的布脸，还热热的。她就又从行李包里拿出最后一张脸，那是一张用精致牛皮做的脸。叶芽就用这张脸换了那张布脸。叶芽就觉得她已经是这房子的主人，她应该享受主人应该享受的一切。

叶芽过起了贵妇人的生活。莫经理每周在那个家待三天，在这个家待四天。叶芽就很满足。

但莫经理不在的时候，叶芽还是觉得寂寞。她就在一次往家寄钱的时候顺便写了一封信。信上说,她想父母了,她要父母来城里住一些日子。她还在信上写清了她的地址和电话。

父母来的那一天叶芽正在床上睡大觉。门铃响得很急促,叶芽就一骨碌爬起来去开门。爹,娘,她欢快地叫着,就忙着把两位老人往屋里让。

闺女,你? 娘颤抖着身子就往后退。

芽子,你的脸怎么没……没有了呢? 爹也惊吓得往后退。

叶芽一摸脸,跺了一下脚,坏了,由于刚才起得急,摘下的那张牛皮脸忘记换了,脸上只剩下一堆红嘟嘟的嫩肉。

左 腿 说 话

我是一条被撞伤的腿,左腿。在医院里,医生对我的主人唐小凡说,保不住了,得截肢。唐小凡一下子就昏死过去。我也昏死了过去。当唐小凡和我共同醒来的时候,我们已经腿身分离了。

现在我就被搁置在手术台下的卫生桶里。我成了一条没用的腿。关于对我如何处置好像还没有最后决定。因为那辆碾压我的黑色轿车还没有找到。

我是元旦的大清早被车撞伤的。那时候天还没有亮。唐小凡就把我和我的弟弟右腿折腾起来了。我一向认为我是哥哥,因为唐小凡走路总是先迈左腿。因为有什么大事难事需要腿去解决的时候,唐小凡总是把我踢出去。为谁大谁小的问题右腿总是和我争。争不过我的时候,它就耍性子使脾气,和我步调不一致。我往前迈,它往后撤。弄得唐小凡走路总是一蹿一蹿的,显得焦急万分。

不过我的主人唐小凡确实是一个急性脾气。她不能不急。她和她的丈夫几年前都下了岗。他们就靠着给别人打打零工支撑家庭,供给女儿上学。虽然苦,却也平安平静。后来就不平静了。单位有个政策,夫妻如果离了婚就能安排一方上班。唐小凡就和丈夫商量好先离婚,等丈夫上了班后再复婚。可是那混蛋男人上了班却再也不提复婚这件事,也很少再回到这个家,和单位的另一个女人同居了。单位的人说,他和那个女人早就有事。唐小凡一下子就蒙了。她清醒过来带着女儿来到了妇联。妇联也拿法律没办法,只能是唉声叹气地介绍她去保洁公司当清洁工。

唐小凡很看重这份新的工作。她总是起得很早,去认真地清理她负责的路段。清理结束后,她稍作休息,还要去火车站去接垃圾。那时候有一辆由北向南的列车要经过这座城市。这样就弄得我们双腿很辛苦。其实那天唐小凡满可以不起那么早的,她如果按照往常的时间起就不会有后来的事情发生。可唐小凡那天就是醒得早。昨晚放假回家的女儿和她唠叨了半宿,说是开学后学校要组织英语补习班,她一定要参加。补习费一学期600元。唐小凡就一夜没睡好,早早地醒来了。她想早早地清理卫生,早早地到火车站接垃圾。因为元旦临时增加了两趟列车。她的存款还差一点,她想万一在这几天捡到一些贵重的垃圾卖了,就能凑够女儿的补习费了。

车祸注定要发生。我那时候就跟着唐小凡在那条宽阔的马路上认真地打扫着卫生。实实在在地说,我是一条爱劳动的腿。我愿意跟随我的主人去干点对这个城市有好处的事。尽管我干完了活,我还是一条默默无闻的腿。我还要疲惫地去跟随那个急性脾气的女主人继续疲惫。也许唐小凡觉出了我的疲惫,也觉出了平时对我的不公,她那天面朝南用右腿开路,卖力地由东向西挥舞着扫帚。看到我只是轻松地跟随着右腿,我的弟弟右腿那个不情愿啊,它拼命地向后撤,但都被主人的执拗制服了。那个早晨是如此的安静。起初一辆车也没有。唐小凡干活就很潇洒很大胆,也很快乐。我甚至听到了她在哼着一首流行歌曲:狼爱上羊啊,爱得疯狂,谁让他们真爱了一场……就这样,唐小凡很快就清扫到了白云大酒店的门前。路中央有一大堆垃圾,唐小凡就毫不犹豫地跑上前去,弯腰地去拣。她的姿势就改变成了面朝北的状态,也就是说,我这条左腿和右腿换了位置。我被她换到了前面。那堆垃圾还没有拣起来,一辆车就惺忪着睡眼从白云大酒店开了出来,一下子就撞在了唐小凡的身上。我听到了唐小凡哎呀了一声,就觉得一个车轱辘从我的上边碾了过去。之后,那车轱辘停也没停,就一溜烟开走了。朦胧间,在那尾气的氤氲里,我看见那是辆没有开灯的黑色奥迪车,我也看清了车子的牌照。我还看见,唐小凡的右腿在我的旁边敲击着地面,一副幸灾乐祸的样子。

可唐小凡没看见,她早已经昏迷过去。半小时后,才有一辆运送垃圾的环卫车开了过来。那时我和右腿早已经冻僵了。

在医院里,除了我与唐小凡腿身分离以外,她还有多处受伤,她的双臂、肋骨、骨盆也遭遇骨折。保洁公司的领导来了,他望着我这条无用的腿说,唐小凡的腿没了,以后,保洁工们谁还敢到马路中央清扫垃圾呢?

唐小凡的女儿紧紧地把我抱在怀里,放声大哭,妈妈,我不参加补习班了,我不上学了,我一定要找到肇事者,让他赔你的腿!

这时候,沉默了这么多年的我——一条任劳任怨的左腿说话了。我说,我认识那辆车,也记住了车牌号,让我来和你们一起查找那个可恶的家伙吧!

可是,他们没有听见,仍然陷在无边的悲伤里。也难怪,这世界上,有谁能听懂一条死去的无用的腿的诉说呢?

脚

牛鲁山有一双壮阔的大脚。正面看像蒲扇,侧面看像木船。整个县城的商场里都没有他的鞋码。早些年,是他的老娘给他做鞋;娘没了,老婆接着做;后来进城了,当了领导了,是制鞋厂上门来给他定做。牛鲁山常常自我打趣地说,唉,长双大脚也忒麻烦,让很多人都跟着操心,不知道哪天我把它剁了!

话虽这样说,可别人知道牛鲁山还是"敝脚自珍"的。每逢单位年终做述职报告,牛鲁山都要在大脚上做文章。他说,我挖过河打过堤,拔过麦子脱过坯;我穿过军装扛过枪,扶过贫下过乡;一双大脚走天下,克己奉公不迷航!常常是这朗朗上口的几句话一落地,台下就会响起一片热烈的掌声。这时的牛鲁山就会兴奋地抬起头来,扫视一眼黑压压的会场,将一双大脚移到众人视线所及的地方,一边来回晃动一边继续述职。

这说明,脚是牛鲁山的心爱之物,稀罕之物。他怎么能舍得剁掉呢?非但不剁,他还要保养、护理、修剪、装扮。于是,他迷上了洗脚。

其实开始不是他迷上的,是办公室戴主任让他迷上的。那一次,有人请领导吃饭。饭后,戴主任就带他来到了那家新开的"忽悠悠保健厅"。戴主任说,做个足疗吧,领导,这里的服务员跪式服务,模样好,手法好,脚一上她们的手,保证你有一种忽悠悠飘起来的感觉。

牛鲁山只是一笑,就把沉重的身子交给了足疗室的沙发,闭眼打起了瞌睡。有人进来了,搬动木盆的声音,搅动流水的声音,刀剪响动的声音……牛鲁山觉得自己下地回来了,出了一身的臭汗,就来到了河里洗澡。一个猛子扎下去,从很远的地方冒了上来,之后就将轻飘飘的身子仰浮在了河面上。他看见了蓝天白云,仿佛自己变成了云,忽悠悠的软绵绵的轻松。轻松的身子从水面往上升,升着升着就要往下坠,他就一下子惊醒了。睁眼一看,一个穿蓝色按摩服的漂亮服务员正抱着他船一样的大脚轻轻地揉搓,像抱着一个熟睡的婴儿。牛鲁山赶紧把脚一抽,服务员往回一拉,脚就碰到了怀里软绵绵的东西。

醒了,老板?喝酒了吧?给你泡脚、修脚、足疗,你都不知道睁眼,只是嘿嘿地笑。怎么样?舒服吧?

牛鲁山点点头。服务员用手指一个穴位一个穴位地按摩,按一个穴位就问一声重不重,按完又用小手涂上药膏,一点儿一点儿地在牛鲁山的大脚上摩挲划过,柔滑的力量穿透了大脚粗糙的皮肤。牛鲁山的心又忽悠悠地升上了天空。

等牛鲁山的心落到地上以后,他对服务员说,丫头,告诉我你叫什么名字,下次来了我还找你。

服务员嫣然一笑,你叫我9号就行了,老板,你也给我留个电话吧,不来,我可找你。

可牛鲁山后来却没来。戴主任说,别总在一棵树上吊着,好服务员有的是。牛鲁山就跟着戴主任见识了许多好服务员。一夏天，整个县城的足疗室让牛鲁山的大脚转了个遍。

牛鲁山的脚在药水、药膏的滋润下，在无数只玉手的洗涤修剪下，变得细腻、光润，如绸缎一样了。有天晚上，牛鲁山来了兴致，将一双大脚伸给老婆显摆，哎，你看，我这脚要是再小点，像不像双女人脚？老婆啪的一声给了他一蝇拍，臭美什么？你就是把脚洗成潘金莲的样子，脚趾缝里照样有股臭味儿！

听了这话，牛鲁山蔫了。

蔫归蔫，牛鲁山的脚照洗不误，直到出了车祸。

本来是不该出车祸的，可那天去市里开会没回来，晚上偏偏就接到了"忽悠悠保健厅"9号服务员的电话。9号说，牛老板啊，你骗我呢！可你骗我，我也当真，我可是想你的大脚了啊！

听了这话，牛鲁山的心一下子就又忽悠起来了。他忙不迭地说，我没骗你，我忙，我也很想你的小手啊！等着，我还有点儿事，一个半小时到！

牛鲁山就急忙发动车子，请了假从市里向县里疾驰而来。在超车时，车子翻进了泄水沟。

令人惊奇的是，牛鲁山身体其余部分完好无损，只是两只大脚被齐茬茬地挤断了。

牛鲁山做了双脚移植手术。手术成功后，牛鲁山来到了"忽悠悠保健厅"。9号服务员脱掉牛鲁山的袜子，惊呼起来，牛老板，你的脚怎么变小了？

歌　唱

　　孟春的嗓子。孟春天生有一副好嗓子,嗓音儿嘹亮而尖锐。所以她在省艺校学的是声乐。孟春的理想是成为一个歌唱家,像郭兰英、李谷一那样的歌唱家。她参加过省里组织的民歌大奖赛,还获过三等奖。她有一段时间特别想考中央音乐学院。她就自己跑到了北京,好不容易找到了中央音乐学院的大门,警卫说什么也不让进。正和门卫说软话的时候,一个教授模样的人走了过来。教授问清了她的情况,和门卫说了声,就带她进了这座她无数次梦想的音乐殿堂。在办公室里,教授用那双艺术家的眼睛仔细端详了这个外省来的音乐女青年好一会儿,就开始叫她试嗓子。孟春唱的是那首《高天上流云》,本来应是高山流水般的旋律,一紧张,却唱得上气不接下气。教授笑了笑,就给她讲课。教授说,你的嗓子基础是不错的,但技术还要锤炼,这需要一个很漫长的过程。唱歌不是模仿,要唱出自己的声音;再有,你唱歌,不要只想唱,而要像说话一样,把你想要唱的歌说出来。教授说这这些话的时候,就从座位上站了起来,走到了孟春的跟前。他用右手抵住了孟春的后背,用左手捂住了孟春的前胸继续说,像这样,挺起胸,让声音垂直,从胸腔到喉咙,用嗓子说出来,自然流畅地说出来。那时是夏天,孟春穿得很薄,她就感觉出了教授双手的分量和指向。孟春就把教授的手拨拉了下来。随后,教授的手就很自然地抚上了自己的头,哈哈,哈哈,今天咱就说到这吧,一会儿我还有课。如果你有兴趣，晚上请到我的家里来，我再好好地教你，我可以给你留个电话，像歌坛上现在活跃的庄静、童阿娣都到我家里去过！听了教授的话，孟春的嗓子突然就火烧火燎地难受起来，她干呕了两声，没呕出来，就捂着嘴，跑了出去。

孟春的职业。孟春没能上音乐学院，很快就毕业参加了工作。凭着天生的那副好嗓子和艺校毕业生的牌子，她做了电视台的节目主持人。由于嗓音甜美，她的出镜率很高，所主持的娱乐节目得到了观众的热爱。每天都能收到几封读者来信，有的还自作多情地加寄上照片向她求爱。那时孟春的感觉好极了。整个电视台经常听到她动听悦耳的歌唱，就都夸她嗓子好，夸她的歌儿唱得好。什么时候她的感觉开始不好了呢？是他们娱乐节目组承包了这个节目之后，台里让他们每年上缴 100 万的广告费，每个人都分了任务。孟春是个没有多少关系的女孩子，到社会上去跑广告拉赞助对她来说，是一个不大不小的难题。孟春的歌声就歇了许久。

孟春的婚姻。孟春在学校里找过一个对象。因为毕业分不到一起，就各奔东西了。分到电视台以后，介绍对象的一个挨一个，孟春都看不上。其实也不是都看不上，是她内心深处还对那个同学抱有一丝幻想。直到那个同学寄来了结婚请柬，孟春才死了心。接到前对象结婚请柬的时候，也正是孟春为拉广告苦恼至极的时候，孟春就在电视台含着泪水宣布，谁替我拉一笔广告，我就嫁给谁！后来，一个家具经销商找上门来，他说愿意给她的节目进行赞助。望着那个 50 多岁的老头，孟春傻了眼。老头就笑着安慰她，不，不是我，我是替我儿子向你求婚来了，他特别喜欢你唱歌！老头的儿子叫乔梁，在部队当兵。乔梁回家探亲的时候，孟春和他见了面。见面以后没什么反感，转年他们就结了婚，一年以后就生了孩子,而且还是一对龙凤胎。全家人都高兴得不得了!孟春的歌声又开始响起来。孟春觉得能有一副好嗓子已是上帝对她的恩赐,现在在计划生育只让生一胎的情况下又赐给她两个孩子,岂不是我们的生活充满阳光?孟春那时的嗓子里天天都往外冒《我们的生活充满阳光》这首歌。谁知以后的事情也就出在这一对龙凤胎上。孟春结婚以后,家具商给她买了一套两室一厅的房子。房子离单位较远,乔梁又不在家。孟春就只能让婆婆替她看孩子。偏偏赶上婆婆体弱多病,带两个孩子有点力不从心。有时候家具商还得过来帮忙。那天晚上,两个孩子都感冒了,又是哭,又是闹,怎么也哄不好。家具商把医生请到家里,给孩子输液打针,折腾得很晚,就没有走。半夜里,孟春觉得有人摸进了自己的房里。她就被惊醒了,拉灯一看,是孩子他爷爷。孟春给了家具商一巴掌,就抱住两个孩子哭湿了枕头。家具商捂着火辣辣的老脸说,孟春,不是乔梁喜欢你,是我喜欢你,喜欢你主持的节目,喜欢你的歌声,所以我才……孟春哭到了天亮,第二天,就自己在外面租了一套房子,并且打电话让乔梁回来。乔梁说,我暂时回不去,我正准备考军校!孟春听到手机里有音乐在响,有歌声在飘,还有女人叽叽喳喳说话的声音。孟春就说,那你现在在哪里?乔梁说,我在执行任务。说完,就把手机挂了。

　　孟春的第二职业。孟春调离了娱乐节目组,也不再当主持。电视台为了照顾她,让她做了值机员。白天可以不上班,在家照顾孩子,晚上在值班室看着电视节目直到播出"再见"以后才可以下班。孟春有了大段大段的时间,也有了许许多多的失落。孟春就想搞个第二职业。考察了一下市场,就承包了一个歌厅。歌厅开业的那一天,孟春请来了几个朋友,也请来了省艺校原来那个同学。孟春当着大家的面,唱了一首又一首民歌,把她会唱的、能唱的都唱了出来。唱得口干舌燥、大汗淋漓,她还唱。最后,拿着话筒的她晕倒在了那个同学的怀里。醒来后,她断断续续地说,我……以……后……再……也……不……唱……歌……了。

无 鸟 之 城

　　我们这座城市,已经很久没有看到鸟儿了。工厂里林立的烟囱,浓烟笼罩下鳞次栉比的楼房以及街道上密密麻麻的车辆和人群足以让鸟儿们望而生畏了。没有足够大的空间和足够好的空气,鸟儿凭什么来憩息和飞翔呢?

　　然而,文学青年蓝海洋却天天期望鸟儿的出现。蓝海洋在一个很清闲的部门,有着一份很清闲的工作,有着大段大段的清闲时间供他自由读书自由遐想。读书累了,他就双手托腮在窗前对着天空凝眸远眺,阳光、云朵,还有灰不溜秋的天空,却没有鸟儿飞翔的踪影。蓝海洋就想:这个社会人太多了才不会被重视,鸟儿又太少了才让人如此期盼,什么时候自己能变成一只鸟儿,飞出这笼子一样的楼房呢?

　　这种念头越积越大,便膨胀成了渴望的气球。渴望的气球长出了蓝海洋的胸膛,蓝海洋就觉得他有试着飞翔的必要了。也许飞翔不仅是鸟儿的天性,人也会飞吧? 只是因为他们习惯了行走和坐卧才忘记了飞翔的本能。如果通过我的试飞而挖掘出人的飞翔本能从而成为一只自由的鸟儿,岂不是我对这个世界至少是对这个城市的贡献?

这样想了几天,蓝海洋就觉得应该付诸行动了。那天早晨,他换上了一身宽大的衣服,从单身宿舍里出来,爬上了单位的楼顶。他在楼顶上跑了几圈,停住,伸臂,踢腿,扩胸,又弹跳了几下,对着天空用尽生平气力呐喊了一声,我要飞翔——

声音从天空飘下,砸落在大院内已经来上班的人们身上。整个单位的人都抬起了他们的头。蓝海洋的目光扫过天空,扫过这个城市的楼宇,然后与人们眺望的目光相撞了。他发现了大家的目光是惊喜的、渴盼的、赞许的,甚至是鼓励的。

蓝海洋毫不犹豫地来到楼顶中央,一阵激烈的助跑后,张开双臂来了一个激越的弹跳,他就真的飞翔起来了。

他的飞翔是轻盈的、缓慢的,宽大的衣裤在风中飘曳着,飞舞着。开始是向上的,继而是平行的,接着就开始了下坠。蓝海洋屏住呼吸,揪着头发,努力向上提着身子,却怎么也控制不了下坠。后来,他的身子开始了旋转。他看到了大院的人们四散奔跑,有几个人还扯起了苫盖货物的篷布。他正向那篷布平躺着落去。随着嘭的一声,他就什么也不知道了。

蓝海洋第一次飞翔没有成功。他落了个驼背。出院那天,医生将包着驼背的纱布撤去之后,竟然发现他的驼背上长出了两个对称的肉芽。医生奇怪地用手术钳去夹那肉芽,没想到钳子一触,那肉芽竟然活动起来,生长起来,眼见着就长成了一对巨大的翅膀。医生惊叫一声扔了手术钳,遇到鬼怪一样跑出了病房。

蓝海洋却兴奋地啊啊大叫起来,他用力抖抖双翅,走出屋子,穿过医院长长的走廊,穿过人们愕然的目光,来到了喧闹的大街上。蓝海洋做了一个深呼吸,展开双翅,又是一阵助跑,这回真的飞翔起来了。他飞呀飞呀,飞过楼房,飞过我们这座城市,穿过烟霭,穿过云朵,看到了云朵上面的丽日和蓝天,也看到了一架直升机正在头顶掠过……蓝海洋想：鸟儿呢？鸟儿在哪里？我是因为城市没有鸟儿才变成鸟儿的，我以后应该和鸟儿们在一起生活才对呀！这样想着，蓝海洋就从天空中降落下来，飞翔着盘旋着来到了城外的一片树林里。

那是一片很大很密的槐树林，在一条河流的北岸。开满槐花的槐树林里聚集着各种各样的鸟儿，蓝海洋来的时候，鸟儿们正开会商量迁移的事。因为一个外商看中了这块地方，要毁掉槐林开办一个娱乐场。鸟儿们不得不另觅栖息之地了。蓝海洋的到来，加速了鸟儿们迁移的进程。鸟儿们惧怕这个同类中的"异类"，头鸟一声长叫，槐林卷起了一阵旋风，黑压压的鸟群霎时潮退一样飞走了。缤纷的槐花落在地上铺得足有一尺厚。

蓝海洋想向鸟儿大喊，别跑别跑，你们别跑，我也是一只鸟儿呀！可他已经说不出话了，嗓子里只会发出沙哑而难听的"呜呜呀呀"之声了。蓝海洋就只得在一棵百年古槐上瘫软了自己，双翅无力地垂落在树杈之间。

"砰——"一声枪响。蓝海洋的翅膀被击中了。他"呜呀"一声，绝望地落在了满地的槐花上。

两个猎手跑了过来。猎手本来是捕猎那一大群鸟儿的，没想到蓝海洋来了，鸟儿们意外地得救了。鸟群飞走了，蓝海洋竟成了猎手的收获。

两个猎手把蓝海洋又带回了我们这座城市，把他卖给了刚刚建起的公园。饲养员把他放在了一个特别的铁笼里。

从此，我们这座无鸟之城有了一只鸟儿，而且还是只人鸟儿。

谋 杀 自 己

　　我是在一个早晨发现我自己的。那是一个很平常的早晨,我在六点半准时醒来。令我吃惊的是,一个男人很突兀地坐在我的床前。我一骨碌地爬起来,揉揉眼睛很戒备地厉声问,你是谁?

　　我是你。那男人一动不动微笑而答。

　　我是谁? 我又问。

　　你是我。那男人又答。

　　我仔细地打量着面前的男人,一身深黑色的皮尔卡丹西服,一条浅黄色的镶白花的丝绸领带,配着一双很劣质的无牌子的皮鞋,这正是我的装束。再往脸上看,宽脸颊,厚嘴唇,细眼睛,这正是我的尊容。我认出了我自己,于是我上前跟我自己握手。

　　坐在床头,我和我自己兴奋地交谈起来。我说,我想在这个夏天进行一次远游,因为我在这个城市待得太久了。在一个地方待得太久对于一个人来说不是好事。我想出去看看。我说,我们公司经理不欣赏我因为我工作干得很好却不买他的账,他想解雇我,可他的女儿妙龄正在跟我死去活来地谈恋爱,所以直到现在我还占着那个办公室主任的位子。我还说,我想出去看看,可经理不让我去,妙龄也不让我去,经理怕我耽误工作,妙龄舍不得我走。我常暗自琢磨,如果我能再变出一个我来,一个上班,一个出去游玩才好呢! 我这样想了,今天就真的变成了现实,真是再好不过的事了!

我说这一长串话的时候，我自己的手被我攥得生疼，摇得生疼。我自己看着我孩子样天真的神情，对我宽厚地一笑，有我在，你放心地去吧！

　　打点行装，我开始了计划中的远行。先由北向南，再由东向西，我的行程漫长而遥远。我像一个行吟诗人将激情涂抹在了山水之间。每到一个地方，我都在晚上把电话打到我家，我听我自己汇报工作和恋爱进程。我自己说，他每天坐在我的位置上开始了像我一样努力工作，他很谦逊地为经理服务，陪他谈生意陪他聊天下棋，还陪他进舞厅洗桑拿泡小姐，经理直夸他像换了一个人似的。我自己还向我汇报他与妙龄的关系，按照我的预想稳妥而热烈地向前发展，他们拥抱接吻差不多，已谈到结婚分房子这样实质性的问题了。

　　我很满意这样的进程。有了我自己的顶替，我既可放心而轻松地游玩，又可毫无损失地拿到我那份不菲的薪水，甚至还可能有升迁的机会。我很佩服我自己的能力。

　　我开始怀疑我自己是在出现了连续五次我家电话没人接的情况之后。我已经改变了方式，改一天打一个电话为每到一个新地方打一电话。也就是说，我在游览五个城市的很长一段时间里与我自己失去了联系，每次都只能听到简明扼要的录音电话：我与经理去开发区，请留言。我和妙龄去看电影，请留言。经理带我去学习考察，请留言。妙龄与我去看新房子，后天我们结婚，请留言。今天我们去医院，请留言……

　　我的心里长了草。我产生了一系列的疑问。我这样放手让我自己去发展是不是一个错误？我和我自己到底是一个人还是两个人？我自己受到经理赏识会不会动摇我的位子？我自己与妙龄结婚我算不算戴绿帽子？这样的疑问一产生，我就失了游玩的雅兴,对于山川河湖、风花雨月便开始倦怠起来。

就在我的旅行将要进入最后一站——西藏的时候,我迷途而知返。我放弃了对这块神奇而迷人的土地的探讨,乘飞机飞回了我出发的那座城市。

回到家里,我自己不在。从床上和写字台的灰尘看,我自己已有好长一段时间没回来了。我把电话打到办公室,我自己仍不在。我问别人,别人说正在经理室。

我直奔经理室。叩门而进,我看到我自己正坐在经理的位置上与办公室我原来的一位部下谈话呢!见我进来,我自己和那部下都很惊愕。尤其是那位部下,望望我,望望我自己,满腹的困惑就写在了脸上。我只好说,我从乡下来,来看看我哥!

那位部下走后,我自己边沏茶倒水边告诉我,经理在一次车祸中死去了,我自己已升为经理。刚才那位部下是新的办公室主任。我自己还告诉我,妙龄已有两个月的身孕了……

我把茶杯摔在了地上,热水洒了我一脚,我被烫得一咧嘴。我清醒地认识到:我和我自己已经分离,我是我,他是他。不管是从心理上、生理上还是事实上,我们都不可能再合二为一了。我突然感到一阵贯彻骨髓的悲伤。

回到家里,我闭门进行了长时间的思考,一个新的计划酝酿成熟。我准备好一桌酒菜,然后我给我自己发了一条信息:晚上请回家吃饭。

我自己果然来了,还带来了一兜水果。寒暄过后,我拿出青海的青稞酒。我和我自己相对畅饮。我说起秦川古道、大漠孤烟和吴侬软语,我自己说起人事沧桑、商海沉浮和机构改革。两瓶酒很快底朝天了。这时,我醉眼迷蒙地问我自己,你是谁?我自己答,我是我。我又问,我是谁?我自己又答,你是你。说完之后,我自己便酒力发作,扑通一声瘫软在地。

完了！我又一次痛彻地感到:我真的是我,他真的是他。看来解决我们合二为一的问题只有一个办法了。我知道我必须采取那个行动了。

我拖起那个醉我,一直拖到洗手间,我把他扔进了浴池。我拿来一个早已备好的电锯,我向我自己下了手……

我肢解了我自己,我谋杀了我自己。我看到我自己的血盈满了整个浴池。

第二天,我步履轻快地去公司上班。坐在经理室里,我打通了妙龄的电话,我要告诉她,今天是我的生日。

存在的另一种方式

那是一段很糟糕的日子。工厂破产了,我下岗回家。我的几个同样下岗的哥儿们邀我一起开饭店、办歌厅、建桑拿浴室和洗头房什么的,都因资金短缺流产了。我只有在家赋闲。在家赋闲的日子就成了一段很糟糕的日子。

多亏了我还有一扇窗子,一扇可以遥望外面的世界的窗子。我整日坐在窗前看风云雷电,看日月星辰,看男来女往,看车密马稀,还有许多上班时不曾看到的故事。

我住在一个新建的居民区的五楼。五楼是顶楼。我的对面还有一栋楼,也只有五层。我想我的对面是应该有一栋五层楼的,这很关键。

不知什么时候,我开始遥望对面的五楼,对面五楼对面的房间。因为那长久没人居住的房间突然就生长了一幅墨绿色的窗幔。不错,是墨绿色的。我上学时曾胡诌过一首爱情诗,就叫《墨绿的日子》,所以我对墨绿很注意。可那窗幔又不曾打开过。我不再看人世间风云变幻季节更替,我开始执着地遥望那墨绿的窗幔。这遥望成了我早晚的功课。

终于,在一个很亮丽的早晨,那墨绿的窗幔在我视线的逼迫下徐徐打开,像舞台上的大幕徐徐打开一样,接着便有一团赤红出现在窗前。是一个穿红衣服的女人!一个穿红衣服的年轻的女人!我从座位上弹簧一般弹起,贴近窗子的玻璃,眼睛用力捕捉着女人。女人有着好看的身材,好看的步子和好看的头发。女人打开了窗幔,开始梳理头发。一个长条镜就镶嵌在窗子上。

不会只有女人吧?我想,应该还有个男人。这么年轻的女人必定有一个英俊潇洒的男人陪伴。果然,在梳头女人的背后出现了一个男人。哎哟,怎么是这样一个男人呢?矮且胖,年岁也大。那男人扳住了女人的肩。女人打了男人一下,继续梳头。男人踮起脚,将脸凑向女人,女人刚刚梳好的一头长发便又铺散开来,遮住了两个贴紧的头颅。之后,两个头颅便低下去,低下去。我再也看不到了。

妈的,臭胖子!我生气地骂了一声,猛地推开窗子。哗啦,一块玻璃便磕碎了,很清脆的一声炸响。妻子连忙从厨房里跑过来,心疼地摸着玻璃碴子,干什么你?不上班挣钱,还搞破坏。一块玻璃五六块钱呢!

嘿嘿,嘿嘿!我赔上一个笑脸,指一指对面问妻子,哎,你知道对面楼上住着什么人吗?

什么对面?什么人?妻子走到窗前向对面望了很长一段时

间,打量打量我,说了一句神经病,就又进厨房了。

我通过没有玻璃的窗子继续遥望。我清楚地看到那矮胖的男人已经开始整理衣服,然后走向门口,然后下楼,然后开上一辆小车走了。那女人却再没出现。

那女人呢?那穿红衣服的年轻女人呢?我探出身子睁圆眼睛努力遥望,墨绿的窗幔打得很开,望得见里面的卧室,还有家具什物,但那女人没有出现。

我决定去对面的五楼是在妻子吃饭上班之后。我从我们的五楼跑下,五四三二一,又从对面五楼跑上,一二三四五,然后摁铃。叮呤呤叮呤呤,出来的是一个穿皮袄的老太太。我问,这是三单元五楼东门吗?穿皮袄的老太太点头。我问,里面住着一个穿红衣服的年轻女人吗?穿皮袄的老太太摇头。我连忙跑下楼,五四三二一,又连忙跑上楼,一二三四五,我走到我家的窗前。没错,就是那个房间,墨绿色的窗幔还在。再去一次!我又下楼,上楼,摁铃。叮呤呤叮呤呤,出来了一个穿背心光屁股的小男孩。我问,这是三单元五楼东门吗?穿背心光屁股的男孩点头。我问,你妈妈是一个穿红衣服的年轻女人吗?穿背心光屁股的男孩摇头。

我知道出了问题。我只好慢慢地下楼,五四三二一,又慢慢地上楼,一二三四五。我进了我自己的房间,将自己沉重地放倒在床上。我已筋疲力尽,我想睡觉。当我这样想的时候,无边的倦意就迅速向我袭来。

妻子把我叫醒时已是中午。我醒来的第一件事就是走到窗前,对面那墨绿色的窗幔没有了,有墨绿色窗幔的房间也没有了,甚至那五层高的居民楼也没有了。塞满我视线的是流经我们这座城市的一条波光闪烁的河流。

全民微阅读系列

我高声惊叫起来。我一把拽过妻子问她,对面的大楼呢?五楼住的那穿红衣服的年轻女人呢?怎么都不见了?

一脸惊诧和疑惑就写在了妻子的脸上,什么大楼?什么女人?没有啊!

不对!明明咱俩还在一起看见了。我还打碎了一块玻璃,是右边中间那一块!这样说着,我就用手去摸那没玻璃的窗洞。怪了,那玻璃竟然好好地安在窗户上。

怎么玻璃没碎呢?我这样问妻子,也问我自己。

那玻璃根本就没碎!妻子说,你是不是饿昏了?我想我们应该吃午饭了。

于是,我和妻子走到了餐桌前。

丢　　失

在一个星期天,我忽然想起了早些天与一个叫简洁的女人的约会。约会的内容我已经记不清了,我只知道我们约定的时间是这个星期天的下午两点钟。叫简洁的女人不但人长得简洁干练,就连说话也很简洁。她对我说,到时你一定要来,我在家等你,你不来一定会后悔一辈子的。为了不让我自己后悔一辈子,我决定午饭后去见简洁。老实说,我对简洁的印象是很好的。

可是就在中午我却听到了很急促的敲门声。是我的三个酒肉朋友邀我去喝酒。我说我不去了,我有要紧事呢。朋友们说有要紧事也得吃午饭呀,吃完午饭再办要紧的事也不迟呀!不由分说他们把我拉下楼塞进汽车，一溜烟就把我拉到了极乐天大酒楼。

我是那种平时不沾酒、一沾酒就把不住自己的人。人家好心请客你再谦虚谨慎就显得不随波逐流了，在这个社会不随波逐流是不太好的。朋友们左一杯右一杯地推杯换盏，很快我就有点头晕目眩了。何况他们不知什么时候已经上了一盘绝好的时髦佐餐——新鲜的、活蹦乱跳的四个小姐。哥几个就喝啊，唱啊，跳啊，胡闹啊，都晕了。

时钟敲响两下的时候，我突然想起和那个叫简洁的女人的约会。我摇摆着身子僵硬着舌头向哥几个和姐几个告辞。他们说，你有事就去吧，办完事再回来，你的那个"佐餐"还给你留着。我就轻飘飘地出了包间出了酒楼。妈的，酒这东西可真是好东西！我记得我下楼时闹了个趔趄，闹了个趔趄的时候我还嘟囔了这么一句话。

我怎么来的呢？我怎么来的呢？尽管我轻飘飘的，但我仍然知道自己不是驾云而来的。我一摸上衣兜里硬硬的钥匙，是摩托车的钥匙。噢，对了，我是骑摩托车来的。想到这一点时，就看见我那辆放在酒楼门口的摩托车。没错，就是我那辆，红色的，五羊"125"，油箱上掉了一块勺子般大小的漆。我插上钥匙，打着火，然后腿骑上，一加油门飞走了。

来到简洁家里的时候，简洁的客厅里已经坐满了人。男的女的老的少的都有，就是没有一个我认识的。简洁给我一一介绍。被介绍的人一一过来同我握手，很严肃很庄重的样子。简洁把一把椅子放在我的屁股下面。简洁说，我今天约你来，就是让你加入我们的行列搞传销。你看这些人都是我的下线，你也是我的下线。你知道吗？传销是咱们工薪阶层最后一次暴富的机会。你甭看你在银行上班,但你没房子没车子没位子,为什么? 你缺钱。在现在这个社会缺钱就缺少一切。搞传销会使你成为百万富翁,会让你拥有汽车别墅,会让你实现出国梦想,甚至可以让你拥有很多情人。我的上线已经升为红宝石经理了,每月能拿到五万元奖金。你想一月五万,一年就是六十万呢! 简洁说这些话的时候,我看见她晶莹的大眼睛里放出了红宝石样的光芒,我就觉得一座金山银山已经摆在了我的眼前。我满怀豪情把头一昂说,好,我加入! 简洁说那你先交 500 元会费吧! 从此后你就不用总后悔没有机会发财了。简洁说着话冲我绽出一朵很迷人很芬芳的笑,我想认识简洁的笑比认识简洁本人要重要。

可我一旦明白简洁约我来只是为搞传销而没有别的想法后,我就觉得去找我的三个酒肉朋友继续喝酒比搞传销更重要得多。我握别简洁肉乎乎的小手,骑上摩托车重回极乐天大酒楼。我知道我的朋友和"佐餐"们仍在等我。摩托车在我的身下风驰电掣,我如飞上云端一样。

到了酒楼门前,我下车后发现插在锁孔上的钥匙不见了,而车还在发动着,嘟嘟嘟,没法熄火。我焦急万分,急出了满脑袋头发,我只好叫门卫看着,自己奔跑上楼。我要找朋友们想想办法。

我进了中午我们喝酒的房间,那里早已空无一人。我问扫地的服务员,刚才在这里喝酒的那一帮人哪里去了? 服务员说没有人在这屋喝酒呀,今天我们酒楼根本就没开业! 我说,你瞎说,明明我在这屋喝酒了,四个男人还请了四个小姐,我还喝多了呢! 服务员说,你真是喝多了,要不自己瞎说还怎么说别人瞎说呢?

我悻悻地下楼。我发现我那辆嘟嘟响的摩托车不见了。我急扯白脸地问门卫,我的摩托车哪里去了? 门卫说,我怎么知道呢? 这里根本就没什么摩托车,我们酒楼门前严禁停放自行车和摩托车,怎么会有你的摩托车呢？真是笑话！

　　我一下子瘫软在地。屁股被一块石子硌得生疼,疼得我一咧嘴。就在这时我想起我真的没骑摩托车来,我是中午被朋友们用汽车拉来的。可刚才那摩托车又是怎么回事呢？明明是我在我家楼下小房子里放的那辆车,一样的牌子,一样的颜色,连油箱上掉落的那块勺子般大小的漆都是一样的。妈的,怎么说有就有,说没有就没有了呢？奇怪！

　　我在大街上一扬手,拦住了一辆出租车。没办法,我只有打的回家。

出　售　哭　声

　　我是在一个偶然的机会发现我的哭泣才能的。那天早上我和老婆吵了一架,就去找几个哥们打麻将。自从下岗以后,我老婆经常和我吵架。吵了架,我就出去打麻将。不打麻将干什么?现在这年头经济疲软,买卖不好做,在家里又憋得难受,不如娱乐娱乐开开心,赶上点儿顺,也许能赢个百八十的。可偏偏那天我特别背,坐下来三圈不开和,没到中午 500 块钱就输光了。我就离开了牌局,在大街上闲逛。过了晌午,肚子饿了,家又不能回,我就产生了一种英雄气短的悲壮感。就在这时,我听到了阵阵悲哀的哭声。原来,前面过道口有一家死了人。灵棚下人头攒动,吊唁的人络绎不绝。那死人的悲哀刺激了我,与我输钱的悲哀、下岗的悲哀汇集成了一种三重的悲哀,我知道我非哭不可了。我就一头扎进了灵棚,在死人的灵前号啕大哭起来。我不知哭了多长时间,也不知道哭的什么,只知道哭得痛快淋漓,心情舒畅,并且压过了所有的哭声。终于有人来拉我了,那人劝道,亲戚,起来吧,别哭坏了身体,戴上孝跟我去吃饭吧!说着那人就给了我一个白孝帽,领着我进了院里,来到了餐桌前。我就这样在孝子们中间混了一顿酒饭。

我就是在这时发现我的哭泣才能,并且萌生创办替哭公司念头的。既然哭声能赚来酒饭,也一定能赚来金钱。我在临道的街上租了一间门面,安了电话,做了一个广告牌子,又招聘了几个下岗女工,"让你乐替哭公司"就算成立了,当了40年工人的我就荣升了公司总经理。

我公司的第一次业务做的是一个建筑大腕儿的活。那大腕儿的母亲享年八十,无疾而终。大腕儿一家在老人生前照顾周到,赡养得很好,可就是在老人死后哭不出来。他要求我替他哭娘,那几个下岗女工替他的女人哭婆婆。出殡那天,我戴上重孝陪在大腕儿身边,我的那几个员工陪在他女人身边。我们痛哭流涕,大放悲声,从县城里一直哭到大腕儿乡下的祖坟,替大腕儿在乡亲们面前挣足了面子。大腕儿出手很大方,一下子甩给我们5000块。

从那时开始,我知道这世界需要哭声。在这快节奏、高效率的社会,人们愿意购买哭声献给死去的亲人和朋友,好自己省下力气去干比哭泣更重要的事情。我们开始潜心研究哭的艺术:凄惨的哭,温和的哭,寻死觅活的哭,歇斯底里的哭;长哭,短哭;卖力的哭,省劲的哭;平铺直叙的哭,一波三折的哭,如丧考妣的哭,无关痛痒的哭……只要客户需要,只要价钱合理,我们会适时地奉上我们的哭声,不管什么样的身份,不论什么样的场合,我们都会按照客户的要求，制造出满意的哭声的。因此，我们的生意一直很火爆，每天的日程表都排得满满的。我们的收入就很可观。当公司每次分红的时候，我总是对我的员工们下指示，我说，咱们干的是良心活、辛苦活，你们干活的时候千万记住，既不能敷衍了事，又不能少收费，违者扣钱！我的员工们就鸡啄米似的点头。

但日子长了难免有例外。一次是某局的一位领导妻子病故，打电话要我们去替哭。我就派了两个女员工去干这活。回来后一个就揭露另一个因与死者沾点亲就想少收钱，另一个就反映这一个不用嗓子哭，怀里揣上了一个放音机，用平时练哭的声音骗人家。我听了她们的汇报没有表态，而是沉着地问，钱少收了吗？她们说没有。我说，钱没少收就算了，反正那人对他妻子也不是真心，听说他老去泡小姐，还骗他妻子说是加班。以骗制骗，也不为过，也不处分你们了。我就如数分给了她们工钱。

另一次是乡下一对哑巴夫妇的老爹去世了，开着一辆三马车来接我们去替哭。我们全员出动，替那哑巴哭得情真意切，天昏地暗，一村人都跟着抹眼泪。出完殡结账时，操办丧事的人对我说，死的这老头不是哑巴的亲爹，是他们养的一个孤老头子。还说哑巴很困难，为办丧事借了不少钱，经理你看能不能少收点钱？我听了以后，望望我哭肿了眼的员工们，把手一挥说，难得哑巴这份孝心，钱分文不收了！回公司后，我按规定扣了自己的工钱。

就在我的替哭公司成立一周年那天晚上，我把一年的收入交给了老婆。老婆给我做了一顿丰盛的晚餐。她喜眉笑眼地替我夹菜劝酒，我就一杯一杯地喝着，享受着这久违了的温柔。老婆说，我不和你吵架了，难道你不高兴？我说，我很高兴呀！那你怎么老哭丧着脸？没有呀，我一直在笑呀！老婆就把镜子甩在我的面前，你看你是在笑吗？我照照镜子，我确实是一副哭相。为逗老婆高兴,我就调整面部肌肉,酝酿酝酿感情,用力哈哈大笑起来,可我老婆听到的却是我声嘶力竭的哭声。

我知道,当我将哭的艺术研究得炉火纯青并把它当作商品出售的时候,我再也不会发笑了。

车祸或者车祸

[**叙事**]一个老头横穿马路,被一辆飞驰而来的汽车撞上了。老头摔在地上,死了。

[**说明**]一个头发花白的老头要去公路对面。他家的羊跑出来了,跑到道沟里去吃草。其中一只正在啃树。那是公路边仅存的一棵白杨树。老头急着要过马路去找羊,也急着要过马路去轰羊。

老头要过的马路是一条很宽阔的国道。国道一旁是村庄,一旁盖满了密匝匝的厂房和饭店。工厂的烟囱正冒着滚滚的浓烟,饭店的小姐坐在门口,在向过往的车辆招手。这是中午,临近午饭了。

这时,开来了一辆过路的拉煤车。司机是位刚拿到驾照不久的小伙子。小伙子刚度完蜜月就帮人拉煤去了。去的是山西大同,来回三天。小伙子急着去送煤,也急着往家赶。在经过岔路口时,小伙子看到了向他招手的饭店小姐,小伙子就愣了一下神,这一愣神之间,出车祸了。

[**描写**]花白头发在正午的阳光下十分醒目,像盐碱地里冒

出的一簇倔强的老草。花白头发张望着,移动着,先是犹疑了片刻,接着嘟囔了一句,这不懂事的畜生!嘟囔完,他就一步跨上了公路,第二步还没迈出,花白头发就随着一声尖锐而嘹亮的刹车声飘了起来,瞬间又落了下去。一种被称作殷红的东西冒着热气,受着阳光的蒸发袅袅地升腾起来,弥散起来。空气里就充满了血液的香甜。

汽车停下了。司机呆滞的目光从车头缓慢地移向几米远的花白头发上,又缓慢地移到拖挂车上,黑色的煤炭零乱地散落在了公路上,像黑色的金子,骨碌着。有一块还骨碌到了公路对面那棵唯一的白杨树下,就惊动了正在埋头啃树的那只羊。那羊惊愕地抬起头来,望着煤块滚来的方向,温柔地咩了一声,又埋下头去。一条新鲜的树皮就被扯了下来,树上留下了一道闪眼的白。

[议论]目击者一:又出事了,这地方总他妈出事,跟闹鬼似的。前天刚撞死了一个,女的,是饭店里出来的小姐。娘的,穿着个裙子,风一吹,你猜怎么着,操,里面光着呢!这下可好,光着身子来,光着身子又去了。

目击者二:这路修得不行。靠村太近,也不弄个护栏。交叉路口也没明显标志,真不知收费站收的那些钱都哪里去了?

目击者三:他妈的,这司机怎么开的车?见了人也不鸣笛,愣往人身上撞。哎哟,完了,他鸣笛老白头也听不见,他那耳朵早些年被国民党的枪弹震聋了。聋了你小子也不能往人身上撞呀!揍他,揍死他,让他一命偿一命得了!

交警:闪开闪开,出个车祸有什么看头?乱挤,乱挤又出车祸了!你别怪我,我们也不容易。哪一天都有车祸,哪个路段都有车祸,哪能一下子来得那么快?你别骂街,骂街我跟你急。我正气儿不顺着呢,我竞聘中队长没竞聘上,让他妈的副县长的儿子挤了,我还想开车撞他去呢!

死者亲属:呜呜,呜呜,爹呀,说不让你养羊,你非养。这么大岁数了,你干吗和自己较劲儿!我哥不给你钱花,他是怕媳妇,不是心里没你,你冲闺女我要钱花不就得了?爹呀爹呀,你为羊搭上命值得吗?快!快!乡亲们哪!我爹还有一口气,你们别光看着说废话了,快叫救护车。要是早叫救护车,不早就到医院了吗?

[**叙事**]在距车祸发生地5公里处,又有一辆桑塔纳轿车与一辆大型客车相撞。伤亡人数不清。

于是,我决定:在他们把我处置完之后,一定为唐小凡去寻找那辆肇事逃逸的车。

自杀有罪

著名科学家慕容颜博士一生孤独。在他过完50岁生日以后,他决定结束单身生活。他利用自己的科研成果,采摘自己的细胞成功地复制了一个女婴。5年后,那女婴成长为一个年轻漂亮的女孩。慕容博士就把女孩留在了自己身边,并给她取名叫妩姒。

最初的妩姒是单纯快乐的。她照顾博士的饮食起居,跟着博士学文化学科学,很快就成为博士的得力助手。有了红颜相伴,博士严谨呆板的生活出现了活力和激情,他的"关于消除人之贪欲"的科学研究也取得了突飞猛进的进展。那一段时间,实验室里常常飘荡着妩姒婉转悠扬的歌声,以至于博士的另一位助手何其煌总是皱着眉头说，我们的实验室快成练歌房了。每逢这时，博士总是笑吟吟地说，那有什么不好？科学本来就是富于浪漫和幻想的。

妩姒变得复杂和忧郁是在慕容博士那晚拒绝她之后。那晚，慕容博士回去得迟了些。他走进宿舍门，推开自己的房间，却见妩姒睡在他的床上。他不禁吃了一惊。妩姒有自己的房间，往常他们都是分开睡的，怎么今天……博士正在思忖间，妩姒就一骨碌爬起来，搂住了他的脖子，博士，我等了你很久了。博士望着妩姒透明的睡衣、纷披的长发和娇艳的脸颊，心弦就被轻轻地拨动了一下，又拨动了一下，他的脸就有点发烫。妩姒，不要这样，你是我的助手。妩姒打断博士的话，可我还是你一手抚养大的，我知道你一生孤独，至今没有过女人，你很苦。我一想到这些，就觉得是自己苦一样，博士，我是你的！博士就感动地将妩姒紧紧地拥在怀里。妩姒动手来解博士的衣服，博士却拒绝了。

妩姒咬了下嘴唇，用遥控打开了电视。一阵雪花闪过之后，电视里出现了不堪入目的画面。博士顿时明白了妩姒今天的反常。他蹭地站起来，愤怒地关了电视，质问道，你说，这是从哪里弄来的？妩姒嗫嚅着，眼里蓄满泪水，是……是师兄给我的。胡闹！博士摔门而去。

妩姒很少到实验室来了，慕容博士再也听不见她的歌声了。何其煌也被下了课。从事"消除人之贪欲"的研究，怎么能还让他参与呢？博士再一次陷入孤独之中，而且是更大的孤独。为了保证妩姒不受外来欲的、贪的、恶的事物的侵袭，博士用自己几近成功的研究，制成针剂，给妩姒注射了一次。然后又把妩姒的身世告诉了她。博士说，从一个角度说，你是我的妻子，从另一个角度说，你又是我的女儿，还是我的母亲，更是我自己。我抚养你、照顾你、爱你，那是应该的呀，我占有了你，就等于占有了我的亲人，就等于玷污了我自己，你想我能那么办吗？博士说完这些话，妩姒颓然了许久，然后喃喃地说，可我……也是一个独立的个体呀！既然你把我制造出来，我就有权享受作为人的一切的；博士，在这个纷纷扰扰的世界上，人的生活的、生理的、事业的贪欲你怎么能消除的了呢？慕容博士看看刚刚注射过的针管，满怀信心地说，那就让我在你身上做个试验吧！

慕容博士承认他的实验失败是在一月以后。他去远方参加了一个科学研讨会。会议期间，他就觉得身体隐隐地作痛，直觉告诉他，妩姒肯定出事了。会议没结束，他就急匆匆往回赶。进了实验室，他发现他的研究成果已被洗劫一空。拧开宿舍门，他差点气晕过去。宿舍里，妩姒正和何其煌躺在一起……

博士的身体剧烈地疼痛起来，他不能忍受自己试验的失败，更不能忍受妩姒的背叛和何其煌对妩姒对自己的残害和玷污。他狂怒地冲进厨房，拎出一把菜刀，大喊一声，我要杀了你们！何其煌一个激灵，爬起来衣衫不整地就逃了出去。博士就把刀抡向了妩姒……

何其煌以杀人罪起诉了慕容博士。法庭上，博士为自己辩护道，妩姒是用我身上的细胞复制的，我杀她，是在杀我自己，就像自己剪自己的指甲一样，不应负法律责任！法官说，可你还活着呀，你活着，就证明妩姒死了；妩姒是你杀的，这是不是事实？法律只重事实！

慕容颜博士就被判了死刑。

猫 世 界

猫 与 鼠

花瓣一胎生了五个孩子。看着五个孩子在胸前钻来钻去,红红的小嘴儿把奶头叼住又放下的急切样子,花瓣就觉得自己该补充一些营养了。

于是,花瓣决定去逮几只老鼠来。

花瓣是一只猫。可是作为猫的花瓣却差不多忘记了逮鼠的营生。从乡下被主人带进城后,住的是高楼大厦,吃的是山珍海味,喝的是玉液琼浆。哪里用得着去辛苦地逮鼠?晚上主人累了,就把她抱在怀里,用手一遍一遍地抚摸她花瓣一样光滑斑斓的皮毛,然后拥她睡入梦乡。如果不是那只流浪猫黑太岁的上门勾引,如果不是斑点狗的无耻告密,如果不是她变得大腹便便臃肿不堪,主人怎么会赶她走呢?如今黑太岁不知又流浪到哪里去了,只留下她在城郊的涵洞里,独自承担着今后的一切。往昔光彩照人的花瓣开始片片凋零。

凋零的花瓣来到了一座烂尾楼里。她听到了老鼠吱吱的叫声了。花瓣一下子精神抖擞起来。她锐利的眼睛发现了正在破饭盒旁争抢食物的三只老鼠。那是三只刚长全毛的幼鼠。花瓣的胃里就长出了一把钩子,从毛茸茸的嘴里伸出来,飞快地伸到了幼鼠们跟前,三下两下就把两只幼鼠钩到了胃里。等钩子再伸出来去钩第三只鼠时,花瓣却停止了动作。她看到那只幼鼠待在那里,眼睛茫然地望着她。花瓣就收了钩子,伸出母性的舌头去舔舐幼鼠脸上的污物。幼鼠闻到了兄弟们的血腥,闻到了死亡的气息。他一激灵,这才想到了逃亡。花瓣就追,追到了一块楼板的下面。幼鼠不跑了,他伏到一只大鼠的身下,瑟瑟发抖,尾巴也紧紧地收缩起来。

花瓣上前,一口就咬住了大鼠,却发现是一只死鼠。鼠头被砸瘪,血迹还没有干涸。花瓣松口,将大鼠翻过来,就带起了大鼠身下的幼鼠。那只幼鼠的小嘴正叼着大鼠干瘪的奶头。花瓣就想到了自己的五个孩子。她吃掉了大鼠,然后把那只幼鼠带回了涵洞。

花瓣把圆鼓鼓的奶子献给了孩子们,也献给了那只幼鼠。花瓣对孩子们说,从今以后,我就是小六的娘,你们就是小六的兄弟。

幼鼠小六在兄弟姐妹的包围里,也变成了一只小花瓣。

猫 与 狗

斑点听说花瓣收养了一只老鼠,就跑出来看她。斑点来到涵洞的时候,花瓣正带着孩子们翻跟头。整个涵洞里弥漫着猫与鼠欢快的叫声。

斑点就汪汪地叫了两声说,花瓣花瓣,请你出来。

花瓣就跳出涵洞,跳到斑点的背上,前爪挠了斑点一下子,你这奸细不守着主人,来我这儿干什么?

斑点趴在地上,眼睛湿湿地说,主人又有了新欢,一只西施犬,一只京巴狗。我已经狗老珠黄,连从饭店带回来的狗食也吃不上了。

花瓣喵呜一声说，活该！

斑点望着涵洞点点头，看你多好，自由了，健壮了，孩子也大了。我也要离开那没良心的主人了。我要过一种自食其力的生活。宠物也不能总希望被人宠着。

还没等花瓣搭话，斑点又说，临走之前，有件事求你。我也快生了，但不知哪只狗作的孽。你能不能替我带带孩子，就当你自己的孩子养着！

花瓣低下头去，看了看斑点硕大的肚子，细眯了眼叹口气，最后还是答应了。

几天以后，涵洞里又多了四只肉乎乎的斑点狗。

猫　与　猫

黑太岁来向花瓣要孩子。黑太岁说，花瓣我去过你家多次，都没有见到你。是斑点告诉我你在这里的，我就带着蓝丝来看你。

黑太岁这样说着，把他身后的一只俄罗斯猫拉到了花瓣跟前。花瓣斜眼瞅瞅这个蓝眼睛蓝身子的蓝丝，想立即冲上去挠烂她的眼睛，可还是忍住了。

蓝丝把一条围巾围到了花瓣的脖子上。黑太岁说，这是蓝丝从国外给你带来的。蓝丝说要和你做好朋友的，我们也曾经是好朋友对不对？我们不应互相仇恨对不对？

花瓣把猫、鼠、狗们都叫到了涵洞外面。她坐直身子，两只前爪颤抖着，孩子们，这就是我和你们说过的黑太岁！黑太岁，你这回有时间和我讲大道理了？我被主人暴打赶出来的时候你在哪里挥霍堕落？我在涵洞里难产的时候你在哪里寻欢作乐？我忍饥挨饿拉扯孩子的时候你又在哪里潇洒享受？你这没良心的畜——生！花瓣的眼里冒出了火,花瓣的胃里又长出了钩子。花瓣把钩子伸出体外,狠命地钩住了黑太岁的脖子。

　　蓝丝惊叫一声,就要往前冲,被黑太岁拦住了。黑太岁说,我是畜生,但不是没良心。花瓣,我喜欢流浪,也喜欢过你。我为你挨过斑点的咬,为你挨过你家主人的打。那一次我去找你,还没到卧室,就被发现了。狗咬人打,我的下体遭到重创。我被扔到垃圾池旁。是蓝丝在大清早发现了我,是蓝丝的主人救了我。我也有了主人,我不再流浪。我们的主人才是一个好主人。他从不把我们当畜生看待,他照顾我们,理解我们,包括我们的爱……情。我在主人家和蓝丝过着美满幸福的生活。但遗憾的是我已经失去了生育能力。我想要自己的孩子,所以才来找你。花瓣,让我带走孩子吧,我会给他们一个好环境的。你还有鼠儿子和狗儿子。你不会寂寞的！你要是想一起去,也行,鼠和狗就……就扔了吧！

　　花瓣把黑太岁的脖子钩出了血。她又钩下一块肉来。她把肉囫囵着咽了下去,然后发出了泣血的呐喊:想带走孩子,休想！想让我扔了鼠和狗,没门！他们都是我的孩子。我们就是做了孤魂野鬼,也不会跟你走！你们给我滚——

　　鼠、狗、猫们一齐嚷道,滚——

鲁米娜心里的关键词

　　鲁米娜在单位做打字员十年了,她打印的材料足足有一火车。这一火车材料除了拉走她的青春、爱情,就是给她留下了带病的身体和一个残疾的孩子,还有一份菲薄的收入。然而,最近单位换了领导,听说要清退临时工,以后怕连这份菲薄的收入也保不住了。

　　鲁米娜坐在电脑旁,心绪不宁。她的手在键盘上随意敲击着。那是一双十分灵巧的手。就是这双手,像鱼一样游走在玲珑的键盘上,游走在文字的海洋里,将一些毫不相干的汉字神奇般地连缀成一篇又一篇的讲话、报告、总结、计划……

　　现在鲁米娜坐在电脑旁,停止了敲击。她想,我十年来都是为别人敲击,我从来没为自己的生活敲击过什么。十年了,和我一起走进这个单位的人有的转了正,有的当了科长、主任。而我呢?十年来默默无闻,甚至有的领导还叫不上我的名字,只知道我叫小鲁。这公平吗?

　　鲁米娜第一次这么深刻地思考自己的命运,她的血开始上涌,于是她愤怒地在键盘上重重地一击。怪了,电脑显示屏上竟然显示出了两个汉字:转正。这两个字一出现,鲁米娜就感觉到有人进来了,来到了打字室,是单位的人事科长。人事科长把几张表格放到了鲁米娜面前,笑吟吟地说,小鲁,恭喜你啊,上面批下来几个转正指标,领导们研究了,给你一个,你要请客啊!鲁米娜接过表格，一下子就跳了起来，太好了，太好了，你说科长，我在哪里请你？人事科长咧了咧嘴，在哪里都行，不过先请你把脚拿开好吗？我的脚是不是硌得你脚疼？噢，对不起，对不起。鲁米娜连忙找来抹布，蹲下身来给人事科长擦鞋。

鲁米娜一个激灵，睁眼再看键盘，"转正"两个字已经消失了。她摸摸脸，有些发烫，再打量一下自己，竟然衣衫不整了。可屋子里却连个人影也没有。鲁米娜又敲击了几下键盘，打出了三个字:涨工资。盯着这三个字，鲁米娜就觉得这三个字幻化成了三只快乐的小鸟。小鸟飞翔着，鸣唱着，牵引着她来到了会计室，出纳正笑吟吟地等着她。出纳说，鲁姐来支工资吧，你这个月连转正带定级，再加上补发的奖励，一共是 18888 块。鲁米娜颤抖着手在工资表上签完字，便伸手要钱。出纳拿出了一张银行卡，鲁姐，这是你的工资卡，正式工用卡，临时工钱少才领现金。

我是正式工了！鲁米娜哼着小曲儿拿着工资卡回到了家里。晚上她破例主动和丈夫说笑。这在近年来是没有的举动。骑三轮跑出租的丈夫吃惊地问，今天怎么了，有喜事？鲁米娜就吻了一下丈夫汗腻腻的胸脯说，我涨工资了，连发带补的，一万多呢，你说怎么花？丈夫就说，先给你和孩子看病吧。你看你总是咳嗽不停，可能是呼吸打字室的毒气多了，肺不好。儿子一生下来就有点聋，得抓紧治啊，恐怕这些钱都不够呢！

鲁米娜听了这话，就觉得嗓子眼儿里有点痒，痒得难受，就连续咳了几下。醒过神来，眼前看到的依然是键盘和显示器屏幕。屏幕上已经出现了保护程序，可她还沉浸在丈夫汗腻腻的胸脯上，还想着丈夫的话。钱不够钱不够，那怎么办？那就得当领导啊，当领导挣的钱多！这样想着，鲁米娜灵巧的手就又游动了，在键盘上敲击了几下，保护程序消失了，领导出现在屏幕上，而且还是个女领导。怎么这么像自己啊？本来就是你嘛！成了领导的鲁米娜就从屏幕上走下来，走进了领导办公室。秘书、司机和副手们都在等着请示工作。秘书把一周的日程安排拿给她看。她扫了一眼，把手一挥说，重新安排，当前工作的重中之重是立即调整各部门领导班子，清查经费、基建情况！说完，啪的一声，将公文包摔在了宽大的办公桌上。

接下来的事情就顺利多了。一听说调整班子，鲁米娜家门口的车就多起来。鲁米娜整天在外迎来送往，跑出租的丈夫就成了贤内助……

不久，鲁米娜搬出了那个杂乱的居民区，搬进了跨世纪花园别墅，丈夫买了辆宝马做起了钢材生意，儿子被送到了北京接受治疗……

就在儿子出院、重新耳聪目明的那天，检察院的两辆黑色轿车开到了单位，停在了刚接儿子回来的鲁米娜的车前。鲁米娜眼前一黑，头脑一炸，立即瘫软了身子。过了好长时间，才醒过来。她睁开痴呆呆的双眼，黑色轿车没有了，眼前只有一个黑漆漆的电脑屏幕。她咳嗽着移动鼠标，这才发现自己按错了键，鬼使神差地输入了两个足可以黑屏的汉字：牢狱。

早 衰 人

大头在母亲肚子里待了三年，才被剖宫产出来。当盼子心切的母亲从护士手里抢过带血的大头时，顿时嗷的一声晕死过去。

母亲是被大头吓晕过去的。刚生出来的大头长着一颗与细小的四肢极不相称的硕大的头颅,满脸的皱纹似乎已阅尽了世间的沧桑,一双深陷的大眼不错眼珠地瞪着,不哭,不笑,也不闹。三年怀胎,你怎么就生了这么个怪物——父亲迈进产房摞下这句话,就头也不回地跑出了医院。

其实大头也不愿让父母看到这副模样。因此他才在母亲的肚子里赖了三年。如果不是医院强制使用剖宫产,他还要继续赖下去。赖在母亲身上的日子里,他经常以母亲的羊水为镜,透视自己奇异的长相,他为自己的丑陋感到不安。其实孕育他的那个激情的夜晚父亲并没有喝酒,母亲三年里也没有饮酒、吸烟及其他影响他发育的一切不良习惯。没有原因,大头注定会成为大头,注定会被剖宫产出来,注定会见到这世上那些他似曾相见又不愿见到的所有的人和所有的事。

大头不吃母亲的奶,他不愿让母亲产生喂他像喂一个小老头般的感觉。他总是吃祖母给他买来的奶粉。大头也不和父母睡,他怕父母为他吵架。每到晚上,他就依偎在祖母的怀里,有时会很快睡去,有时也睡不着,就用小手拍着大脑袋想心事。这时,他就觉得自己不是个小孩子,而真的是一个疲惫不堪的老人了。

有一天晚上,就是大头睡不着想心事的时候,父母吵起了架。不是为他,是为工作。父亲大学毕业分在了政府机关,现在在离县城50公里的乡下当挂职副乡长,一周才回来一趟。今晚回家想和母亲温存,母亲却说不方便。父亲嚷了起来,真倒霉!母亲说,那怪谁呢?还不是怪你小子没有能耐。要是你在城里混个局长部长的,不就可以天天在一起了吗?父亲说,我没能耐,你有能耐也行啊,你看我同学小沈不就是靠着老婆当上了局长吗?母亲就大声地说,你这没良心的东西,你也想叫我去勾引人吗?父亲就冷笑了一声,你也没那本事呀,连个正经儿子都生不出来的人,谁还会看得上你? 听了这话,母亲号啕大哭起来。听着母亲凄厉的哭声,大头心里很不是滋味。他噌地从祖母怀里挣出来,摇摇晃晃地推开了父母的房间。推开父母房间的时候,大头就变成了一个声音身体和容貌都协调的老头了。老头大头用苍老的声音说,你们别吵了,我有办法让你从乡下调回来,并且当上局长。父亲说,什么办法? 老头大头说,生命在于运动,当官在于活动,你给管事的人送个红包不就结了嘛! 可我哪有钱哪? 父亲很悔恨地跺了一下脚,又跺了一下脚。不,你有,老头大头说就在你的手提包里,不信你瞧瞧! 父亲就连忙抓过写字台上的手提包,打开一看,果然有满满的一包人民币。父亲惊愕地睁大眼睛,这是哪来的钱? 老头大头一摇头,打了个哈欠,声音就又从苍老变成了童音,俺小孩子怎么知道? 困了,俺要睡觉去了!

父亲照着大头的话做了,果然从乡下调到了城里,果然当了局长,而且还是个不错的科局。父亲上任的第一天晚上,破例把大头抱到了自己的房间,不仅让他吃了母亲的奶,而且还亲了他满是皱纹的脸。父亲说,儿子,爸爸过几天带你去旅游。大头贪婪地吸吮着母亲香甜的乳汁,吸了好长一段时间,才喘着气说,我不要旅游,我要上学!

大头就上了学。大头那天放学回来,看见母亲在厨房暗自抹泪。大头放下书包就问,你怎么哭了? 母亲揉了揉眼睛,把一盘豆角放到了锅里,用菜铲胡乱搅着,没什么,今天是你爸爸的生日,我擀好面条等他,他却说不回来了。他可是又一周没回来了,大头,你说这进城和下乡有什么区别?

大头拍着脑袋想了好一会儿,然后眨巴着深陷下去的大眼睛,慢吞吞地发出了苍老的声音,我知道他为什么不回家,他每天都和他们单位的孔阿姨在一起，他今晚是去给孔阿姨过生日去了。母亲嗷的一声扔了菜铲，样子像当初从护士手里抢过大头时一模一样。其实也没什么了不起，他也不是真心喜欢孔阿姨，只不过这年头男人没一两个相好的，会让人笑话的，大头又用苍老的声音说。

放屁——母亲吼了一声，就风风火火地出去了，直到深夜才回来。她的身后跟着垂头丧气的父亲。母亲果然在孔阿姨家找到了父亲。这一晚，父亲被赶到了大头屋里来睡。父亲一把提起大头，凶狠地揍他与大头很不相称的小屁股，你这聪明的小浑蛋，都是你小子告的密！大头尖着嗓子挣扎着，俺告什么密，俺一个小孩子知道什么？

大头真是个小孩子，有时也免不了说话不准。就在前些日子，父亲被一桩案子牵扯进去了，检察院调查了他半个月。父亲就半个月没回家。母亲提心吊胆地问大头，大头，你说你爸爸还能回来吗？母亲问这话的时候，大头正在写作业，他头也没抬就尖声细语地说，回来？哼，进去就回不来了！

没想到，第二天，父亲却平安回来了。父亲回来就兴高采烈地将母亲和大头搂在了怀里。父亲说，没事了，没事了，案子查清了，我说没事就没事，我有大头保佑呐！对吧，大头？

大头被父亲搂得喘不过气来，他挣脱了父亲的怀抱，尖声叫着，放开我，我要看电视！大头打开了电视机，29英寸的彩电里正播送着一条新闻，那新闻说，世界上存在着一种连医学都不能解释的现象，有的婴儿生下来长着成人的面孔，却有着儿童的心灵，他们内心天真烂漫，外表却饱经沧桑。这种人我们叫他早衰人。

其实梦着就是醒着

诗人孔木很长时间没有写诗了。这天,他坐在写字台前想写首诗玩玩。然而,独对稿纸苦思冥想了老半天,也没能写出一个字来。孔木就自言自语地说,既然我的诗情花一样枯萎了,真还不如去参加县长的选举呢!

这样说着,孔木果真就来到县人代会上,参加县长的换届选举了。选举是差额选举,除了孔木,还有一个候选人是常务副县长。孔木就觉得没多大希望,自己连诗歌都写不好,怎么会当上县长呢?可没想到选举结果出来后,孔木偏偏就当上了县长。孔木上班的第一天,让秘书小赵找来一大堆材料,然后把自己关在办公室里,就认真地看起来,自己以前是写诗的,当官的这套业务不熟,必须先熟悉熟悉情况,好进入角色呢!也许是太投入了,孔木没觉多大工夫,就晌午了。该吃饭了!孔木看看表,闪过来这样一个念头。

这个念头刚一闪过,他就发现自己不是坐在县长办公室里,而是坐在了全县那家唯一四星级涉外饭店的雅间里了。眨眨眼再看一看左右,巨大的餐桌前依次坐了一大圈人,副县长们,县直主要科局的头头们,社会各界的知名人士。他们都笑容可掬地端杯等着向新任县长敬酒呢!大家敬酒是件好事,孔木就端起杯子一饮而尽。大家欢笑着,呐喊着,觥筹交错,推杯换盏,你来我往,气氛空前热烈。孔木未当县长以前只听说过这家四星级饭店,可从没机会来此一游。现在这机会来了,干吗不放开酒量豪饮一番?于是,凡是敬酒的,他来者不拒,一人一杯,公平合理。不知喝了多少杯酒,不知上了多少道菜,反正孔木早就晕眩了。

等他明白过来以后,他已躺在宾馆的总统套间里了。他觉得头疼欲裂,口干舌燥,他想爬起来找杯水喝,却觉得身旁有一堆软乎乎的东西,仔细一看,是个人,是个女人。他吃了一惊,再一看自己,连忙裹紧了被子,遮上了自己的身体。那女人却打一个大舒展,咯咯地笑起来,如一曲婉转的歌儿。县长大人,你也真是。你跟我舞也跳了,鸳鸯浴也洗了,这会儿怎么就害起臊来了?别说了,孔木烦躁地一摆手,我喝多了,不喝多了可不这样!女人就不说了,又像水一样漫过来,浸湿了孔木的身子。孔木推开女人问,现在什么时候了?快夜里十一点了,女人答。不行,我得回家!

孔木穿好衣服,坐上了等在宾馆外面的"奔驰600"。"奔驰"在县郊的一栋别墅前停下了。孔木问司机小钱,咱们到这里干什么?小钱说,县长,这就是你的新家呀!孔木就很高兴地走进新家。妻子还没睡,她正和儿子玩电脑。妻子见他回来,也不顾儿子在场,一股风一样就扑到了他的怀里,激动地告诉了他一连串的喜事:她又重新安排了工作,进了税务局,比原来待的工厂强多了;儿子今天也进了重点小学;原来一室一厅的房子也换成了现在的两栋小楼。妻子絮絮地说着,把孔木领进了一间屋子里,看,这是你的书房,这是文化局下午送来的书橱和书籍,还有那台电脑,这回你可有一个写诗的好环境了。孔木挣脱了妻子,看看她脸上的皱纹和发胖的身子,打了个哈欠,怎么女人说老就老了呢,就像夏天的韭菜,刚吃了一茬,下一茬就老得像草一样了。不行,我得换换,换谁呢?就换电视台那个播音员小孙吧。

后来,孔木还真就把妻子换成了小孙。那天,开完全县经济工作会议,小孙来采访他。中午孔木在招待所设宴招待。小孙那天喝了点酒,粉脸含春,一如国际影星千娇百媚。孔木说,小孙你给我唱首歌吧,小孙就唱了一首《真的好想你》;孔木说,小孙你给我跳个舞吧,小孙就跳了一曲孔雀舞;孔木说,小孙你做我的情人吧,小孙就做了孔木的情人。在孔木郊外的别墅里,当小孙依偎在孔县长的怀里时,孔木说,小孙,我给你写过 10 首情诗呢!小孙说,孔县长,写情诗不如来点实际的,你送我出国深造吧!孔木就沉吟了好一会儿,然后点点头,好吧,我送你出国!说完,孔木就把小孙摔在了席梦思上。后来,小孙真的就出国了,而孔木在他县长任期刚满一周年的时候,却被上级停职检查,关了进去。在那个昏暗潮湿、恶臭扑鼻的小房间里,已经不是县长的孔木狠狠地用脚踹着水泥墙壁,号啕大哭,早知如此,我还不如在家写诗呢!

哭着哭着,孔木就一激灵,发现自己真的又回到了写字台前,正在苦思冥想他想要的诗句。床上,他的妻子和儿子早已发出了高一阵低一阵的鼾声。

好久没梦到飞翔了

姚远方人过四十了,还是个副乡长。这说明,他的仕途已不会有太大的奇迹发生了。

其实一开始姚远方还是顺利的。师范毕业后,他被分配在一所中学里做教师,还兼任着学校的团支部书记,经常到乡里去开会。一来二去,和乡里的干部们混熟了。有人就开导他,你看你小伙子要人才有人才,要学历有学历,就真的愿意一辈子当个孩子王?如果出教育口儿来乡政府,三年两年就能弄个副乡长,五年六年混上个书记是不成问题的。那些年正是教师不吃香的时候,挡不住教师们纷纷离开教师队伍。姚远方看准了这形势,就开始了出教育口儿的奔波。

中秋节,他买了两条烟两瓶酒找了乡党委穆书记,又买了两条烟两瓶酒拜访了县教委杨主任。春节,又把一台大彩电送到了杨主任的家里。一年的工资不够,姚远方还搭上了老母亲卖豆芽的三百块钱。烟酒、彩电就替他把意思表达了。很快,他就被借调到了乡里当统计员。一年后,正式调入乡里当团委书记。同年,姚远方结婚。那段日子,姚远方在新婚妻子的怀里经常笑醒,醒后他就发疯地吻着妻子生动鲜艳的嘴唇,喘息着说,我梦到飞翔了,长了两只好大的翅膀!

姚远方踌躇满志,工作干得分外出色,所领导的乡团委连续三年被评为县里的先进单位,还被地区命名为"青年文明号"。被命名为"青年文明号"以后,姚远方去了趟地区报社。不久,他的事迹就上了报,是三版一个显著位置。有了这些资本以后,年底,姚远方给已当上了组织部部长的穆书记汇报工作,临走留下了一部手机。干部调整的时候,手机就让姚远方当上了分管计划生育的副乡长。公布名单的那天,姚远方喝了点儿酒,搂着妻子早早上了床。他又一次梦到了飞翔。

可好景不长,赶上地市合并,撤乡并镇,领导职数减少,姚副乡长就变成了姚宣传委员,由实职的副科变成了副科待遇。

姚远方沮丧不安。眼看着已经登堂入室了,可一阵风刮过,仕途的大门却关上了半边。太他妈没规则了！沮丧归沮丧，姚远方并没有放弃。他知道自己还年轻，还有机会。

机会走来的时候，姚远方正在扶贫村的大棚里帮助农民收木耳。县委副书记带人来视察扶贫村的工作了。穆书记看到自己的老部下在大棚里热成了油焖大虾，就掏出手帕替姚远方擦了一把汗，小姚啊，这木耳好啊，清火排毒，美颜养生，你要是早种两年，我老伴儿也不会毒气攻心住院治病啊！

说者无意，听者有心。姚远方这才知道书记夫人住进了县医院。第二天，他连忙拉来了两筐木耳，木耳里还埋着一个有点厚度的信封。不久，信封就让姚远方当了主管土地的副镇长。姚远方这次没喝酒，他来到了祖坟上，在祖宗们面前重重地磕了一个响头。在他磕头的时候，一只红嘴儿画眉唱着动听的歌儿在他头顶飞翔而过。

接下来的事情却并不顺利。一家企业要扩建厂房，姚远方就给批了一块土地。后来才知道这块土地是个老河道，是水利部门明令禁止建造建筑物的地方。得，上边查下来，姚远方挨了个留职察看的处分。

察看期满，穆副书记因年龄和经济问题，退了下来。临退之前，穆副书记向组织部门推荐姚远方当镇长。干部调整完毕，姚远方未能如愿，平调到一个小乡，又当上了分管计划生育的副乡长。开出调令的那天，正好是姚远方四十岁的生日。

晚上，姚远方没在家过生日。他请退下来的穆副书记去了一家小酒馆。俩人谈得甚是投机，一瓶酒很快就见底儿了。看着姚远方苦恼的样子，穆副书记以一个过来人的口吻开导他，小姚啊，你有上进心想当领导做点事是对的，可如何当上领导是一门学问，大学问！即便弄通这门学问，当上了领导，在官场上混，你以为就容易？当一个好领导，当一个想给人们干点事的领导，难啊！

老领导说完，就颤抖着手端起最后一杯酒和姚远方狠狠地碰了一下，然后，俩人一饮而尽。

送走老领导，姚远方突然就觉得明白了许多。他破例放纵自己去了一次洗浴中心，洗完澡做了个按摩，然后哼着小曲儿回了家。

妻子已经睡着了，可灯还开着。姚远方悄悄地钻进被窝，搂住了妻子温软圆润的身子。那晚，他又梦到自己长了翅膀，飞翔在了家乡明净高远的天空。

这样的飞翔，姚远方好久没有梦到了。

谁送你上路

该上路了，你走好。

可你实在是不甘心离开这个世界呀！对于你来说，这世界太美好、太生动、太具诱惑力了，然而，你却不得不上路去另一个更美好的世界了。在那辆黑色的吉普车迎面向你撞来的一刹那，你的脑子里唰地亮起了一道白光，你看清了自始至终笼罩在你身上的那个黑色的魔影。那魔影使你惊诧、慌乱、木然，你根本就没有想到要逃避，你只有被车撞倒，碾过，你只有喋血仆地，最后，你只有上路了。

但，且慢，你还想到你的办公室去看一看。那是局长办公室，一个带卫生间、洗浴室、会客室的大套间。你就在那张楠木办公桌上办公,你的身后是中国地图和世界地图,你的左侧是默然肃立的国旗。最初,你就是在那张办公桌上接了金唯的一条金项链的。当时,金唯红着脸说,罗局长,你家老二要上大学了,这就算作哥哥的一点心意吧,请你转给她! 你推辞不过,就笑着收了。不久,金唯就从乡下基层调进了城里机关。后来,你又在那张办公桌上接了金唯的一个牛皮纸信封。金唯说,罗局长,听说你老伴儿病了,我也没时间家去看看,这点儿钱你就给大姨买点儿滋补品吧! 你望着金唯急出了汗的样子,觉得拒绝部下的好意就是对部下的伤害。为了不伤害部下,你又笑着收了。不久,金唯科员就被提升为金唯科长。后来,你还是在这张办公桌上接了金唯送你的一张去新、马、泰旅游的机票和一张牡丹卡。金唯说,罗局长,你总在家闭关锁国,不适应改革开放的大好形势,该走出国门学习学习了,这对工作有利! 这时,你早就把金唯当成是自家人了,自家人安排的活动不参加就是外待着自家人。于是,你欣然前往。你回国后,局里那位临时代你主持日常工作的副局长突发心脏病,抢救无效,死了。你就向上级打了个报告,提金唯当了副局长。

应该说,金唯在业务上是有一套的。应该说,你和金唯工作上的配合是默契的。金唯提升副局长的第二年,你们局评上了省里的先进。就在年终总结表彰会结束的那天晚上,你们喝完酒,金唯开车把你拉到了极乐天洗浴城。你们洗了澡,搓了背,金唯又请你去楼上按摩。你说,不了,今天喝酒太多,就免了吧。何况我这把年纪了,影响不好! 金唯说,都什么年代了,你还这么想不开。看来你那趟国是白出了。来,我也去,咱轻松轻松! 金唯让服务生给你换上了花格的按摩服,然后搀着你上楼,进了彩灯朦胧的按摩间,叫了一位染了棕色头发的小姐……

就在"按摩"进行得如火如荼的时候,突然闯进来两个公安,你就那样糊里糊涂地被带进了局子里。当金唯副局长拿钱来"赎"你出去的时候,你黑虎着脸问,怎么你没事儿?金唯拍打着自己的脑袋,一副懊悔不迭的样子,嗨——我在按摩间里正想按摩,一个哥们儿打我手机说有点急事,我就带着司机出去了一下,谁知回来你就……

你就突然间明白了什么,但你没言语,你只是长长地出了一口气。你闻得出,那口长气里仍带着酒味儿。

你的局长再不能当下去了。市纪委找你谈了话,给你提了一个副处级调研员,很体面地让你退了下去。临退之前,你推荐了另一位副局长接了你的班。新局长上任,仍然保留了你的办公室。这让你得到了莫大的安慰。

可金唯副局长却歇了两个月的病假。

随后就是那个结局的到来。尽管你有预感,但也不会想到来得这么快,就像当初你不会想到会退下去这么快一样。那天傍晚,你吃完饭要到对面的公园去练太极拳。出了家门,你一眼就瞥见了那辆停在公路旁的吉普车,黑色的吉普车。你感觉这吉普车跟你也许有点关系,就犹豫了一会儿。犹豫了一会儿之后,你还是迈开步子向前走去。你看到了那辆吉普车也发动了。它先是退了一段,然后就加了速度,呼啸着冲你开来。你根本就没有想到要逃避,你只有被车撞倒,碾过,然后喋血仆地。

当家人们赶来时,你已是气息奄奄。你看到那个自始至终笼罩在你身上的黑色的魔影在催你上路。你想喊出他的名字,但你终究没喊出。

在家人血色的哭声中,你被那个魔影送着上路了。

如何讲述我和刀哥的故事

那时，我还在副经理的位置上。后勤处主任刀锋送给我一条狗。他说，苏经理，我家的母狗下了一窝小狗，已经断奶了，就给你抱来一条。你刚搬进新居，大院空荡荡的，养条狗，有点什么动静也能报个警！我接过刀锋怀里的小狗，看着它黑漆漆不染一点杂色的绒毛，紧紧握住了刀锋的手，刀哥，太谢谢你了，公司里有什么事需要兄弟，吱一声！

刀锋憨憨地笑了，没事没事，别以为送你条狗就有什么事，没事呢！只是今晚上想请你吃顿饭。对了，顺便邀请一下咱们经理好吗？

讲述我和刀哥的故事得先明白：刀哥是一个养狗专家。他在公司爱狗是出了名的。他的狗品种齐全，有黑背、狼青、灵缇，还有哈巴狗、柴狗、牧羊犬。刀哥对我说，我送你的这狗是德国黑背，你知道我的狗从不送人，都是卖，别人买得三千多块呢！记住，现在先喂奶粉、粥、饼干、蛋糕之类的东西，过一段时间再喂肉食。喂肉食后打一支防疫针，要外国进口的那种，打完第一针15天后再打第二针。

经理和我在他的办公室里商量工作，却问我对前任经理的看法，经理知道我和前任经理的关系不错。在我回答之前却自己说出了看法，有人到我这里反映那人爱慕虚荣，沽名钓誉，拿着公司里的钱给自己买了很多荣誉，他自己升迁了，却给公司留下一屁股债,是吗?

我没有附和经理的观点,只是说,来说是非者,必是是非人。人走了才反映问题,早干啥去了? 说完这话,我发现经理望了我一眼,随后哈哈大笑,对,我还对这些长舌男说,前任走了你议论,那我走了是不是也议论我啊!

接着我们就商量工作,经理要我修改公司的规章制度,还要我叫刀锋一起研究。

顺便说一句,经理刚调来一个月。

其实讲述刀哥的故事,我可以采用多种方法,但最后还是采用了这种断片式的写法。因为我喜欢这种故事结构。还是接着说刀锋爱狗的事吧。他送了朋友一条狗(他说狗从不送人不符合实际,只是很少送人),那狗小的时候看不出啥,长大了却极健美极壮实,又自己花钱买回来当了种狗。还有一次,公司组织中层干部到海南旅游,在天涯海角合影时,却发现他不见了。后来才知道他到很远的一个农场看狗去了。归来时,别人买了大兜的热带纪念品,他却抱着一条丑陋的南方狗。

我和刀锋为修改规章制度绞尽脑汁,终于在规定的时间内如期完成。除了修改规章制度之外,我们又按经理的意思,新拟了一个关于取消公司干部出门乘车的规定:凡是副经理以下的干部(含副经理,包括部门经理、各部主任)外出,公司一律不派车,自己乘坐公交车,领8元钱的出差补助。这规定的意思很明白,公司的车只归经理一人调遣了。

规定通过的时候,我发现大家明显和我疏远了。只有刀锋来劝我:苏经理,没事的,削减了一部分人的权利,他们当然不高兴。这是改革,挡不住的! 只要经理给咱撑腰,咱就有底气!

他要釜底抽薪呢? 我反问刀锋。

讲述我和刀哥的故事,既是在讲述我和公司的故事,也是在讲述我和经理、狗的故事。当刀锋拿着一管进口针剂笑吟吟地出现在我家院落的时候,我才记起黑背都长成半大狗了,还没打第二支防疫针。刀锋抓住狗的耳朵轻抚一番,然后,在肉厚处将针飞快地扎了进去。那一刻,我发现刀锋的动作利落极了。

　　刀锋说,我一生只爱狗,不爱别的。苏经理,给,这是钙片,定期给狗喂一些。

　　新的工作制度推行得很艰难,经理让我和刀锋调查一下群众的反应。刀锋在小本上记了很多条,在向我汇报的时候,他嗫嚅着说,苏经理,财务部尤主任私下议论你,说你狗仗人势。

　　我气得把水笔撅成了两半截,这个王八蛋,天天往经理屋里、家里跑,恨不得给经理叫爹,还他奶奶的说我狗仗人势。

　　我就找碴儿和姓尤的打了一架!

　　我在讲述和刀哥的故事的时候,偶尔被别的故事打断。我一直想进入故事的内核,可别的人和事总是掺和进来,致使这故事仍然浮在表面。就在我和姓尤的打架的那天傍晚,我出事了。我给刀哥送我的那条狗喂钙片时,那条外国种的黑背却突然一声不吭地在我的腿肚子上咬了一口,深深的,四个窟窿。

　　我住进了医院。

　　后来的结果我想你已经猜出来了。我出院后,不再担任副经理,副经理由刀锋接任,同时当上副经理的还有姓尤的主任。

　　我和刀哥的故事只能讲述一遍。如果要我再讲述的话,我就得告诉你:我和刀哥的故事都是我虚构出来的,所有的一切其实都没有发生。即使发生了,也不是发生在我和刀哥身上。就连刀哥送给我的那条狗也不是什么德国黑背,它其实是一只哈巴狗,不敢咬人的,惹急了顶多会冲你汪汪几声。

生 死 回 眸

一片枯黄的落叶从地上飘起,生长在那光秃秃的枝头,枝头回黄转绿,叶片变得青翠饱满,春雨袭过,嫩芽初绽。在这篇小说里,我们假定时光倒流。

一个生命被子弹洞穿,凋谢在刑场上。透过血痕,我们看到杜君的生命像那片坠落在地的枯叶重又飘起。渗进泥土里已经板结的血块开始变得鲜活,重新聚拢回到他的体内,枪口结疤,杜君坐起、站立、走向来时的路。

杜君从两名警察手中挣脱,离开公判大会会场,回到了监所。头顶上窄小的窗口挤进了几丝光线。他咀嚼着每天只有两顿、每顿只有两个的窝头,难以下咽。他想起了迟志强那著名的歌词:"手里呀捧着窝窝头,眼泪止不住地往下流。"杜君就真的流出了眼泪。

你现在流眼泪还有什么用? 在审理杜君一案时,县纪委书记气愤而惋惜地说,你是多么的年轻呀!

是呀,杜君很年轻,在被任命为县农行主管业务的副行长时,他才31岁。31岁,金子一样闪光的年华。他真想干一番事业。然而,这个世界对人的诱惑太大了。忍受清苦去奢谈事业必须有超凡的克制力和忍耐性。面对金钱、美女、汽车、洋房的拥抱,杜君眩晕了。一切的一切开始于那次单位盖办公楼。一个建筑队的包工头叩开杜君的家门,送上了一套精美的挂历。更加精美的是挂历里卷裹着的 5 万元人民币。主管办公楼基建的杜君在那个晚上失眠了，两个杜君打了一夜架，一个杜君要把钱交还包工头，另一个杜君死活不让。结果杜君采取了折中的办法，用妻子的名义将钱存入了另一家银行。不久，工程落在了这个包工头手中。接下来的事情杜君不再失眠。一家企业来请，酒足饭饱之后，将杜君拉进了桑拿浴室，筋酥腿软之后又塞给了他两条香烟。回家一看，每根烟卷都是一张百元钞票。第二天，杜君大笔一挥，批了 300 万元贷款。其后便是那个港商找上门来。港商要与杜行长做一笔钢材生意，将杜君带到了香港，五日游后，一把别墅的钥匙攥到了杜君手里。作为回报，杜君挪用了 800 万储蓄存款。后来呢？就是刚盖好的办公楼坍塌了一半，三名职工被盖在了楼下。后来呢？就是贷款追不回，挪用的存款没了踪影。再后来呢？就是东窗事发，纪委查处，移交检察机关，杜君进了监所。

在监所里，第一个来看杜君的是他中学时代的班主任，两鬓斑白的班主任什么也没说，只是颤抖着把一张发黄的纸交给了杜君。杜君打开那张纸，是他的入团申请书，右下角那片殷红仍清晰可辨。

杜君回到了美丽的校园。杜君开始了中学生涯，勤奋好学的杜君写了入团申请书。当杜君得知第一批发展团员的名单没他的名字时，他重新写了申请书，并咬破中指，签了名，将它交给了团支书。杜君终于戴上了团徽。杜君在"五讲四美"活动中被评为"先进标兵"，他将拾到的 100 元钱交还了失主……

家在农村的父母来了。他们带来了一个大帆布兜。父母说，儿啊，尝尝你小时候最爱吃的煮玉米和烤白薯吧！

面对年迈的父母，杜君以头抵地，跪倒尘埃。

杜君走在家乡的田野上。杜君随着父母去生产队劳动。他看到一群小伙伴挖了白薯,掰了玉米,便尾随着他们。秋深似海,田野寥廓而神秘。一股浓烟袅袅升腾,伙伴们欢呼雀跃,他们在烤玉米、烧白薯。杜君咽了口唾沫,坚决地一转身,跑回大人们劳作的地里,把这事报告了生产队长……

夏夜闷热而漫长,杜君缠绕在父亲的膝上,听父亲讲侠女十三妹的故事,母亲给他扇着蚊子,听着听着,杜君睡着了。睡梦里,杜君越来越小。杜君咿呀学语、蹒跚学步。杜君满地乱爬,嗷嗷待哺。杜君随着母亲的一声泣血的阵痛,降落到这个世界。

此时,一场春雨刚刚润绽院内那片柳芽。

关于年乡长之死的三种叙述

叙 述 一

葵花乡乡长年富力答应妻子晚上不出去应酬了,就回来得很早。妻子从单位打电话说难得年乡长这么听话,我到菜市场买点菜,好好做一顿饭犒劳犒劳你吧!年富力就暗暗发笑,我什么样的酒店没去过,什么样的饭菜没吃过,还稀罕你给我做一顿饭?笑归笑,可还是被妻子的话感动了,于是嘴上就嘻嘻哈哈着说,甭做饭犒劳我了,有你犒劳我就行了!妻子就回嗔一句别不要脸,连忙把电话挂了。

年乡长在等待妻子回家的时间里,想为妻子做点什么。做点什么呢?地板是干净的,厕所是清洁的,屋里的物品也拾掇得整整齐齐的。只有阳台上的玻璃有点脏,还是妻子够不着的外面。我就替她擦擦玻璃吧!这样想着,他就脱了西服,拿来抹布,搬来凳子,开始擦拭玻璃。擦得兴起,他就一下子推开了玻璃窗,从凳子上蹿到了窗台上,左手抓着窗横杆,右手仔细地擦拭着横窗上的玻璃;随着抹布一点一点地上移,他的身子也一点一点地外探,玻璃上的污渍也在他卖力地擦拭中一点一点地消失。年乡长就沉浸在劳动的快乐里。快乐中,腰间的手机突然响了起来。年乡长就习惯地用左手去掏手机。手机还没掏出来,沉重的身体却因为没了依托,一下子失了重,就掉了下去……

叙　述　二

　　葵花乡乡长年富力回到家还没换鞋,小姨子的电话就打过来了。

　　小姨子说,姐夫你看我都三个月了,你和我姐什么时候办手续?

　　年富力听到厨房有响动,知道妻子已经回来了,就皱了皱眉头,小声地说,现在还不到时候,你急什么?

　　我都纸里包不住火了,还不急?

　　那你就先去医院解决了吧!

　　放屁!我这可是第三次了,再去医院,我的身体就毁了!

　　那也得容我做做你姐的工作嘛,你想这样的事情很不好办哪!

　　你知道不好办,当初就别答应娶我呀!

　　我那不是急中生情吗?我对你表心迹你怎么就不理解我呢?

　　我理解你?你理解我吗?你花言巧语骗我去旅游,把我给办了,还不让我找对象,你是想一凤二凰呀?!

谁让你们姐儿俩都那么漂亮,都让我心动,都让我舍不下呢?

放屁!你别总想美事,今天你就给我个答复,是离婚娶我,还是让我去告你强奸,你自己决定!

你别吓唬我好不好?小姨子告姐夫,丢人现眼还赢不了官司,你图什么?

那我就去你家,和我姐把话挑明了,不是我留下,就是谁也留不住!

你千万别来,来了我还有法活吗?

我不管,我就去,现在就去!

小姨子放下电话,很快就来到了年乡长家,把事情的经过一五一十地和她姐说了。两个女人就打了起来。男人来劝架,却被两个女人按在地上一顿狠揍。揍完男人,两个女人又撕扯在一起。先是美丽的头发在飞扬,漂亮的衣服被撕破,后来是高档的家具被摧毁。家里成了战场。整幢楼房都惊动了。

年乡长看着两个美人的厮打,心里那个气呀,那个恨呀,那个羞呀。他抹了抹自己脸上的血,三下两下就蹿到了阳台上,敞开窗户,大吼了一声,求求你们别打了行不行,再打,我就死给你们看!两个女人撕扯着滚到了阳台前,异口同声、声嘶力竭地说,你死,你死,你早就该死!

年乡长无奈地看了看变成母狼的两个女人,一闭眼,就从楼上跳了下去……

叙 述 三

葵花乡乡长年富力一进家门,就把沉重的身子扔在了靠近窗户的沙发上。年乡长这些天来情绪特别低落。县里三干会结束后,眼见着就要召开人代会,他的副县长人选就要被提到议事日程。却不料,一个晴天霹雳,县委书记穆天在这个节骨眼上被"双规"。省市两级检察院派出专案组进驻市里,已经在县招待所住下了。根据线索,开始一个个调查科级干部。今天下午,年富力被专案组叫了去。专案组说在穆天交出的绿色记录本上有他的名字,让他好好想想,看有什么问题需要说明。

还用想吗,问题肯定是有的。三年前,他在葵花乡当副书记。县委书记穆天下乡调研,看到葵花乡大棚里培植的木耳,就对陪同调研的年富力随口说了一句,这黑木耳不错,能够清除体内垃圾,不知能不能把你嫂子的肺炎治好? 年富力当晚就开车把两筐木耳送到了穆书记的家,还放下一个大信封。年富力埋怨着穆夫人,嫂子你有病也不早说,忒把你兄弟当外人是不是? 这是葵花乡人民的一点心意,你留下看病吧! 那是春节前的事。春节过后年副书记就变成了年乡长。就在三月前,年富力听说穆书记的儿子要出国留学,就又到乡镇企业转悠了一圈,凑了一个大信封,交到了穆公子手中,并且深情地说,大侄子呀,叔叔希望你尽早学成回国,来建设咱们的国家呀! 穆公子走了,却把年富力的希望留下了。马上就要换届选举了,年乡长瞄准了副县长的位子。

应该说穆书记还是一个讲义气的人。受人之托,忠人之事。谁对他好,他都会记在心上;心上记不住的,就记在了记事本上。哪知,就是这记事本惹了大祸。年富力一拍大腿,从沙发上蹦了起来,你说穆书记,你记什么记事本呢? 这不是把我们往火坑里推吗? 你倒了不要紧,这不是连带着弟兄们也受牵连吗? 弟兄们还有法儿过吗?

年富力开始在屋里转圈,转一圈扔一支烟蒂。当一盒烟被扔完的时候,他已经打开窗户立在了窗台上。妻子还没有回来,可能还在街上买菜;儿子也没回来,今天他值日,可能要回来得晚点。这都不要紧,遗书已经写好放在了沙发上。我已经没有路可以选择了,年富力最后嘟囔了一句,就流着泪从四层楼上一头扎了下去……

我发现你头上有把刀

神经病!我哥这样说我。

脑子有问题!我嫂也这样说我。

我哥我嫂是在我说了一句真话后才这样说我的。那一天,他们开着一辆奥迪回乡下来看我爹我娘。车停在家门口,喇叭声抻直了一村人的耳朵。村人们都说,你看人家韩家那大小子,局长当着,小车坐着,大兜小包的东西拎着,水葱儿一样的媳妇挎着,多风光,啧啧。

我爹我娘就慈眉善目地把来看我哥的人让进屋,拿出哥哥带来的香烟撒放到人们手中。人们就围上我哥,问他职务的有,同他叙旧的有,求他办事的也有。我哥一副首长派头,挺着鼓起的将军肚,哼啊哈啊地应付着,我爹我娘就立在屋中央生动地笑。

那时,我被挤在墙旮旯里,眼一眨不眨地望着我哥。望着望着,我就眯起了眼睛。这时,我发现我哥头上悬着一把刀,很锋利很锋利的一把刀,那刀晃悠着,晃悠着,随时都有可能落下来。发现这一问题后,我就挤到我哥面前,焦急地说,哥,哥,我发现你头上有把刀。

众人的目光唰地一下子向局长的头上望去。他们没有看见那把刀,他们只看见我哥头顶上有一根竹竿在晃悠着,那是我爹夏天用来挂蚊帐的。

于是,我哥我嫂就说出了开头那两句话。

那天,我哥临回城里的时候,对我爹我娘说,老二的病该去医院里看看了,晚了怕连个对象也说不上呢!我爹我娘连忙点头。我说,我没病,我说的是真话,我真的发现你头上有把刀。

我爹我娘听了我哥的话,他们真的把我带到城里来看病了。在医院里,医生们给我做了脑电图,拍了 X 光,甚至还做了 CT。然后在我的病例本上签了意见。我认得那两个字念"正常"。

晚上我们就住在了我哥家。我哥现在在一个很不错的局里当局长,所以我哥能住 170 平方米四室两厅的房子,能享受一切现代化的生活。当我坐在我哥家宽敞的客厅里观看那套家庭影院时,我想起了小时候在农村大场里看露天电影的情景。我就对陷进沙发里的我爹我娘说,爹,娘,赶明儿我也当个局长,在咱村里给你们盖一个电影院。我爹我娘就望我一眼,撇撇嘴说,傻小子,别想美事儿了,还是好好地看电视吧!

快吃晚饭的时候,我哥的小车司机来接我们。他把我们送到一个大酒店时,对我嫂子说:韩局长在 208 房间等着,吃完饭我再来接你们!说完,他就又把小车无声无息地开走了。嫂子把我们领上楼,我哥和一个块头很大的人正在房间里交谈着。见我们进来,那个块头挺大的人慌忙站起来,把我们全让在正座上,然后把眼神递给了我哥,韩局长,可以上菜了吧?我哥就很矜持地点一下头,倾过身子对我爹我娘说,宋经理是咱们县里的大腕儿,他听说您二老来了,非安排一顿便饭,老宋这人哪样儿都好,就是这热情太烦人了!我爹我娘也就用乡下人的礼节客气了几句,老宋一边给我们斟水一边把笑脸送到了老人的面前,小意思小意思,能请老爷子老太太吃顿饭是我的造化呢!

那顿便饭上了一些很方便的菜肴,清炖甲鱼,清蒸河蟹,盐水基围虾,还有一盘鹿肉;也上了一瓶很方便的酒,名字很好记,是鬼酒,不,酒鬼。那些很方便的菜我在乡下都吃着不方便,所以我就吃得多了一些,我还破例喝了两杯酒,什么鬼酒,灌到嗓子里火烧火燎的,难受!我娘在桌下一劲儿踩我的脚,我说,娘,你甭踩我的脚,我顾不了那么多了!

我吃饱了,我哥和宋老板的酒才进行了一半。不知什么时候他们叫进来一个服务员,那服务员斟一杯他们就喝一杯,真他娘的会享受。我就望着宋老板和我哥。望着望着,我又发现我哥头上那把刀,它晃晃悠悠的,快挨着我哥的头皮了。我想告诉我哥,又怕他们骂我。吃了人家的嘴短,算了算了,还是少扫人家的兴吧!

但最后我还是说了出来。那是吃晚饭离开饭店的时候,宋经理把两瓶人参酒和两条红塔山塞给了我哥,韩局长,酒,给老爷子喝,这烟嘛,你就亲自抽吧。说着,他还在烟上重重地拍了两下。我哥轻轻地推托了一下,就让我嫂子收了。在我哥坐进小轿车的时候,我又看到了车门上悬挂着一把刀。这时,我再也忍不住了,我大声地说,哥,小心,你头上有把刀!

我又一次挨了骂。第二天,我爹我娘就把我带回了乡下。我再也吃不上那样方便的饭菜了。我就馋了许久。

那个深夜的电话铃声响得急促而突然。我迷迷糊糊地起来接电话,是我嫂的声音。老二,你哥犯事了,他……他进去了,那该死的老宋在烟盒里装的不是烟卷,是钱啦!你……你和咱爹咱娘明天快来吧!说完,我嫂已经哭得走了调儿。

我拿着听筒一句话也说不出来。我爹我娘都醒了,他们问我出了什么事,我幸灾乐祸地说,我哥头上那把刀落下来了。

安全出了车祸

安全出了车祸，他死了。采萍坐在我的办公室里，一脸悲伤地说。

安全是在乡村公路与国道接合部被一辆过路的双排撞上的。采萍继续说，那天安全骑着摩托车去城里。他刚从广州回来不久，要去县城要自己的工资。可还没上路，就出事了。我赶到出事地点的时候，那辆肇事车早走了。据目击者说，那辆车根本就没停，车上连个人也没有下来，出事的瞬间过去后，那辆车只是略微停顿了一下，就向着城里的方向一溜烟地开走了。

可怜我的安全啊！采萍的眼泪流下来，她哽咽着说，摩托车……被撞飞了，前轱辘……飞出去有30米远，还砸在路边一个养鸡场的房顶上。安全人呢，像一只麻雀一样腾地一下快速起飞，又像一块破棉被一样缓缓落下，噗的一声落在了道沟里。我把安全从道沟里抱上来。我不敢看他的脸，那里已经血肉模糊。我也不敢看他的右腿，他的右腿已经断了。我只是摸摸他的胸口，我还能感觉出他的心跳。我就大喊了一声，安全还活着，乡亲们，别看热闹了，快救人啊！

交警来了，救护车来了。安全被送到了县医院。采萍用手背擦了擦眼说，医生对我说，人伤得很重，我们可以马上抢救，但你得快去拿钱交押金，这是制度。我当时没带着钱，就给安全在城里工作的大哥打电话，说了安全出车祸的情况。等到天黑的时候,安全的大嫂才慢吞吞地来到医院。大嫂对着昏迷不醒的安全说,老二你怎么这么不小心呢,还叫安全呢,怎么骑摩托车就不注意安全了? 真是的。大嫂说着,就掏出了 500 块钱,你大哥出差了,家里就这么多钱,不够你们再想法儿吧! 大嫂把钱递给我,就扭着肥大的屁股挤出病房走了。我真想把钱一扬手摔给她那肥大的屁股,可手终究没扬起来。我把钱交给住院部,又连夜打车回到乡下的家里,在院子的砖缝里抠出了 1 万块钱,这可是我的全部积蓄。我在村里的小学校里给人代课,一月才几百块钱。我们还有个上初三的孩子。安全呢,在广州给人看门市卖汽车配件,一年了,到现在还欠着工资。安全着急他的拖欠工资,就想去汽车配件厂找老板。可谁知,还没上国道,就先上医院了。

安全在医院里治疗。除了照顾他,我还要寻找肇事者。寻找肇事者的过程一直是我的一块心病。我找不着,交警也找不着,公安局也找不着。我找到了当时的目击者。目击者一会儿说车是本地的,白色的,一会儿说车是黑色的,外地的,一会儿又说没看清牌照灰蒙蒙的视线不好。哪里视线不好? 那天他妈的艳阳高照,一丝云彩也没有。交警说,对了,艳阳高照一丝云彩也没有视线也可能不好,白花花的晃眼不是? 采萍立起来,又坐下,眼圈儿红得可怕,我还不死心,我跑遍了城里的各个大修厂,我看遍了维修的双排,白色的,黑色的,还有各种颜色的。我找前面有伤痕的车子。可找了一个月,直到钱花光了医生催我们出院,我也没找到。

一个人的力量是有限的,但一个人若是狠下心来,那他的力量就是无限的。我不再做代课老师,我到那家汽车配件厂来打工,边打工边要安全拖欠的工资。我还要给安全治疗。安全是我的命呢! 我们自由恋爱,我们相亲相爱。我们相约厮守终生、永不分离。当初我是个没胸没臀的女人，现在也是，长得也不好看。可安全说就是喜欢我这带着书卷气的气质，就是喜欢我这没事读点文章写点文章的习惯。可这次他说要来工资后，留下孩子上学的钱，要给我垫胸丰臀，他说他突然想看我丰乳肥臀的样子了。这下可好，胸没垫成，臀没隆成，他人先倒下了。我一定要让他站起来，我就是吃苦受累、打工赚钱甚至卖血卖肉也要让他站起来！

采萍挥舞着胳膊，激动地说。那激动的声音在我的办公室四处飞溅，我听到了金属般的回响。

可安全最后还是没有站起来，他死了。金属般的回响过去，是柳絮一般飘飞的声音。他临死，老板也没给他拖欠的工资。老板说，安全在广州的工资早就花光了。出于对你的同情，我才让你来厂里。不信你自己去问问他？我问他？他出车祸后就再也没说一句话。怎么问他？他现在死了，我更不能问他了。他怎么死的？最后自己在床头上用被单勒死的。我就在他旁边。我睡着了，我累，我睡得好死。

安全死了，我的心也死了。我不再去厂里打工。我整天在家里回忆我和安全的爱情和生活。我写下了我和安全的回忆。采萍拿出了一个黑色的笔记本，老师，给你，你给我们写点什么吧，就发在政府网上，或者发在你的博客上。我不需要别人同情和帮助，我只需要别人能看到我的苦处，能见证我们的爱情。

笔记本我留下了。采萍是我的学生，安全也是我的学生。20年前我做教师。现在我在一个政府部门工作。我想我应该为他们俩做点什么。我就去那家汽车配件厂。我找到了老板。我找老板讨要安全的工资。老板没说什么，而是把一个打扮得很时尚的年轻人叫到了我的面前。我一眼就认出了那是安全。我说，安全，采萍说你出车祸死了，你这不活得好好的吗？安全给我倒上一杯水说,老师你见到采萍了?她才死了呢!她半年前出了车祸,死在了医院……

孟夏发出的 18 条信息

苏木老师:下了火车,下了汽车,又下了三轮车,我终于到家了。回家的感觉真好。我一路听着你送给我的随身听,一路听着凯丽金那首著名的《回家》,我明白了你的良苦用心。萨克斯迷人的旋律引发了我对故乡的万种情愫。我漂泊的心就要靠岸了。

苏老师:与预想的一样,我的归来成了全家最高兴的一件大事。特别是当我把一张银行卡拿出来时,娘接卡的手都颤抖了。爹把他的头羊杀了慰劳我,他说,我明年用不着再放羊了,我可以用这钱做个生意了。只是妹妹问了一句令我不好回答的话,姐,你在外面做什么工作啊?

老师:我见到了我的男朋友。他带我去大棚里看歌舞。他看到台上跳艳舞的女孩时,我发现他的眼里都冒绿光了。可他嘴上却说,真不要脸!他紧紧地搂住我,手插进了我的头发里。他说,孟夏,换了你,你会跳这样的舞吗?那时,我浑身打了个冷战。

老师:晚上,我拒绝了男朋友。尽管我的身体曾向无数人打开过,就像打开一扇无锁的门窗一样容易。但我却不能向他打开。至少现在不能。

苏木老师:明天就是春节了。请把你的窗子打开,请让我的心儿进来,我预定了新年的第一缕阳光给你,愿阳光和幸福永远伴着你！给您拜年了！

老师：除夕夜。我游荡在家乡的街道上。爆竹声接连不断，美丽的焰火绽放出了一天的玉树琼花，像我那颗不安分的心。心飞到天上，是为了绽放。绽放了，也就破碎了。

苏老师：夜深了，你是在单位值班，还是在街上巡逻，或者是在书房里开始业余创作？真羡慕你，有一份很好的工作，有一种很高雅的爱好，充实啊！其实我也做过作家梦，把自己的经历写出来，就是一本很好的小说啊！我和你说了我的故事，你以后也许会为我写点什么吧？写出来，能让我看吗？

老师：其实你们那次行动我们是知道的。但我们没有躲避，为什么？就是觉得后台硬，你们不去那里查。多少次突击行动了，我们都平安无事。一楼歌舞，二楼洗浴，三楼桑拿，客人该来还来，我们该做什么还是做什么。

老师：你们进入包厢的时候，我正跳着舞。就是我男朋友看见过的大篷里的那种舞。我在彩色射灯的迷乱里，把自己青春的胴体一点一点地打开，燃烧了几个客人蓄着酒精的醉眼。他们的眼睛变成了双手，我感觉到了皮肉的疼痛。那一刻，我突然明白，舞者的身体和看者的目光实际上也是一种性爱关系啊！

苏老师：我们所有的姐妹都被带到了局子里。还真得感谢那段时间我得了病，要不我也就不只是跳跳舞了。很多人被拘留了，而我只是被罚了款。你为我在外面闯荡的故事唏嘘。你说我有一种生气勃勃的美，她不应犯罪，她应该盛开，应该成为一朵无毒的罂粟。

苏老师：你是一个好警官。你是一个好老师。你把我送到了火车站，把你自己业余写的书送给我，把你的随身听送给我。你说，快过年了，回家吧，生活很残忍，也很美好，关键是自己挺住。

挺住了,也就过去了!

老师:我就是在回家的漫漫长途中决定挺住的。我想把病养好,就自己开个理发店,挣一份干净的钱。我想把自己在外面闯荡的辛酸埋在心底,年底结婚,和男朋友好好过安定的日子。可后来出事了。

苏木老师:那天,我请了一帮同学在我家聚会。我的男朋友也来了。我们说啊笑啊吃啊喝啊,仿佛回到了欢乐的校园。突然妹妹在我房间里跑了出来,她穿着我送给她的一身毛裙,把两张纸条递了过来,唉,姐,你看看,这玩意儿还有用吗? 我还没醒过闷儿来,我男朋友就把纸条抢过去了,来我看看,你姐的东西你别瞎动!

老师:事情就坏在了那两张纸条上了。也怪我粗心,没把它们扔掉。那两张纸条一张是你们开的遣送证,一张是医院开的诊断证明。

苏老师:事情就这样出了。男朋友离我而去,亲戚朋友也开始躲避我。母亲把银行卡摔在我的脸上,父亲又买来了一只头羊。只有妹妹一刻不离地跟着我,她知道自己闯了祸。但我没怪她,她还小。

老师:我挺不住了。我还是一朵生气勃勃的花,我不能开败在家乡的田野上,枯萎在众人的唾弃里。我不能不生长,不能不开放。我要找到适合我开放的环境和土壤,哪怕在那里我重新开成一朵罂粟。即使带毒,也未尝不可。

苏老师:你的书我丢在了家里,你的随身听我带在了身上。我没有听那首《回家》,我听的是《等候》:让生命去等候,等候下一次漂流……

苏木老师:所不同的是,和我一起听歌的还有我的妹妹。她开始决定和我一起漂流了。

与清朝姑娘相遇

  罗亦然遇到了一个清朝姑娘,并且不可救药地喜欢上了她。

  说是喜欢,不是爱,是因为罗亦然觉得他们的感情还要发展,还不到说爱的时候。

  罗亦然是一个对爱情非常认真的人。他大学毕业分到局机关,好心的人们没少给他张罗对象,他都没有看上。不是罗亦然心高气傲,喜欢挑剔,是他自己的心里早有了一个标尺,这标尺就是他大学时的恋人。说是恋人,其实也不完全对,是罗亦然单恋人家。那个同学是苏州人,既有南国女子的清丽,又有几分古典美女的风韵。罗亦然一看到她,就像过电一样,心一下子就从心窝里蹦到了嗓子眼儿,堵得他是干着急,说不出话来。只好在毕业的时候,眼巴巴地看着人家袅袅婷婷风摆杨柳一样挎着另外一个男生弃他而去。那一刻,罗亦然就发誓,非找一个像她那样的女孩不可!但现实生活中两片相同的树叶有的是,两个相同的人你往哪里去找?所以罗亦然耽搁来耽搁去,就成了大龄未婚青年,时间长了,也就冷了找对象的那份心。直到遇到那个清朝姑娘,罗亦然的眼前才为之一亮,才又找到了那份过电的感觉。

  那一次,他和几个朋友去松花湖饺子城吃饺子。那是一家具有清朝风格的饭店,服务生戴着瓜皮帽招呼客人,服务小姐穿着清朝旗袍,在清廷音乐声中袅袅婷婷风摆杨柳般在大厅里来回摇曳,真像清朝宫女来到了民间。罗亦然爱情的死灰就复燃了,他的眼睛一顿饭的时间也没有离开过那个6号服务员。她长得太像他那个大学恋人了。瞧,那个头,那动作,那笑容,特别是她穿上那身清朝旗袍,就具备了古典美女的风韵,还有她轻描淡妆,就又有了南国女子的清丽。罗亦然用心里那个标尺丈量了一下6号,正好符合那个女同学的标尺。好,就是她了!罗亦然兴奋地一放酒瓶子,一桌子的人全都朝他翻白眼。只有那个6号服务员笑容灿烂地来到他的身旁,手拿纸巾替他擦拭迸溅在裤子上的菜汁儿,之后,又把一打纸巾放在了罗亦然的面前。罗亦然傻傻地愣在了那里,他觉得服务员擦拭的地方火烧火燎的,他就用手去摩挲那火烧火燎的地方,一直到朋友们都吃完饭下了楼,他还自己在那里摩挲着。

罗亦然醒过来,连忙起身往外走。6号服务员却把他叫住了,先生,你的外罩忘穿了。罗亦然接过外罩,就势握住了服务员的手,姑娘,你叫什么名字。我?服务员粲然一笑,我负责6号屋的接待,你就叫我6号吧!罗亦然摇了摇服务员的手,我不叫你6号,我下次来就叫你清朝姑娘,好吗?清朝姑娘就温顺地点头,你叫哥吧,记住,要常来看看妹子呀!罗亦然就大胆地把清朝姑娘的小手放到嘴上轻吻了一下,转身追赶朋友们去了。

罗亦然果真常去松花湖饺子城了。有人请客他就往那儿领,没人请客他就自己掏钱请自己。每次去,他都坐6号屋,都要让那位清朝姑娘为他服务。时间长了,罗亦然就知道,清朝姑娘果真是南方人,不过不是苏州,是温州的。她大专毕业后,没有找到工作,就来这个城市打工,打工之余,还自学,想报考研究生,到北京读书。罗亦然在喜欢的同时,就又多了一层敬重。他对清朝姑娘说,妹子,你真不容易,有什么困难就和哥说,能帮忙哥肯定帮你!说完这话,趁着没人,罗亦然就笨拙而真诚地将清朝姑娘揽在怀里。清朝姑娘的脸就红红的,哥别这样,让人看见!罗亦然说,我不怕别人看见,我在搞对象谁管得着?说着,把清朝姑娘揽得更紧了。清朝姑娘娇喘着说,哥干啥要这样呢?罗亦然说,哥喜欢你呗!清朝姑娘说,喜欢我,那你就把我娶回家得了。罗亦然说,我是要娶你,但还不到时候,我们还要发展发展!

后来他们就真的发展了,还发展到了俩人经济不分的地步。那是在清朝姑娘的宿舍里,清朝姑娘偎着罗亦然,羞答答地说,罗哥,你能借我5000块钱吗?我妈得了乳腺癌,还在医院里化疗,我想凑点钱寄回去!罗亦然就毫不犹豫地把手伸向了钱夹。这时宿舍的门响了,罗亦然身子一抖,钱夹落在了地上。清朝姑娘一边拾起钱夹,一边大声地冲门口喊道,里边有人换衣服,10分钟再来吧!

罗亦然对清朝姑娘的机智很佩服,所以他的喜欢开始向爱发展了。他用自己的全部积蓄购买了一套两居室,装修好,买齐了家具,就从集体宿舍里搬了出来。他又一次来到了清朝姑娘的6号屋。吃完饭,他就对清朝姑娘说,哎,下了班去我家里怎么样?他没说买房子的事情,他想在向她正式求婚前给她一个惊喜。可清朝姑娘却温柔地拒绝了,不,我今晚有事!

罗亦然就惺忪地回了家。他正没情没绪地欣赏自己的新房时,几个朋友来了,拉着他去了松花湖饺子城对面的红芍药歌舞厅唱歌,说是这里10点以后有很刺激的节目。大家就唱着歌等。10点到了,主持人欣喜若狂地告诉大家,下面请最受欢迎的红舞星白如雪小姐为大家献上一曲激动人心的艳舞!主持人话音未落,穿着暴露的白如雪小姐就袅袅婷婷风摆杨柳一样走上了舞台。随着舞厅内观众的嘶喊和音乐的疯狂,白如雪开始了舞蹈……

对这种节目,罗亦然起初没注意。后来,他偶尔一瞥,就发现了问题。他觉得那个白如雪有点像他的清朝姑娘。这个念头一闪,他就又立刻否定了,不,不会的,她那么一个上进的女孩子怎么会跳这种乌七八糟的舞蹈呢,况且她今天有事出去了。可看着看着,罗亦然又觉得不对劲了,没错,是她,那眼神,那动作,那身体,他是熟悉的。

为了得到进一步的证实,他疯了一样跑到舞厅门卫处,喘息着问,跳舞的女孩是不是那个清朝姑娘?门卫不耐烦地说,什么清朝姑娘?他是对面松花湖饺子城的,白天当服务员,晚上来舞厅跳舞,都半年多了。

罗亦然一下就晕了过去。

飞翔或者冰清化蝶

一个叫冰清的女孩在某天早晨化为了一只蝴蝶,很大很美的一只蝴蝶。然后她迎着太阳缓缓地飞翔而去。冰清化蝶的故事使我们这座城市的天空鲜艳躁动了许久。一个记者被这种鲜艳和躁动惊异,他开始了对这个故事前因后果的调查。

母亲:冰清是在去文化局上班无望的情况下才把自己封闭起来的。那天她从外面回来,蒙头大睡。睡醒之后便是翻箱倒柜地折腾。她找出了那卷蝴蝶画。那是她的一位画家老师送给她的,是一卷形状、大小、颜色不同的蝴蝶。冰清把蝴蝶贴满了整个房间,连窗户的玻璃、门口的透视孔上,都长出了神态逼真、振羽欲飞的蝴蝶。之后她一脸严肃地走到我面前对我说,妈,我不要工作了,我开始写作,谁也不要见! 还没等我反应过来,这孩子早就砰的一声撞上了房门。

我承认,冰清是有性格的孩子。中专毕业后我和她父亲托关系走路子帮她进了银行,谁知她干了没一年就辞职了。她说她不适合干银行工作,她的手一沾钞票,就恶心。每次回家,她都用香皂搓手,把手搓得通红。她的洁癖就是那时养起来的。她常嘟囔,这世界很脏,都是钞票弄脏的。要想让世界干净,只有用书籍来清洗。所以她喜欢读书,喜欢写作,喜欢进文化局。于是我和她父亲便又开始给她跑文化局。跑了一年,也没跑成。金戒指、金手表都给那个颜局长买了。可最后那个颜局长却调离了本市。冰清只得在家待着。如果冰清上了班,也不会在家里憋成一只蝴蝶的。

弟弟:我姐神经病! 想写书,想当作家,屁! 现在谁还读书? 谁还按书上的教导去做? 社会这本大书就够人读一辈子、琢磨一辈子的。不! 一辈子也读不懂,一辈子也琢磨不透。我看过我姐发表的文章,什么"我要飞翔,像蝴蝶一样飞翔";"我是一只美丽的白蝴蝶,我想用我洁净的羽翼去清扫天空"。没劲! 没内容! 没用! 其实我姐也怪可怜的,整天在她长满蝴蝶的房间里编织着她的蝴蝶梦。我去叫她吃饭都不让进她的屋。每当我看到她白色连衣裙裹着的瘦弱身体时,我就心疼。我说姐,跟我去开海鲜店吧,那里有钱赚,也有生活,你这样在家憋,非变成一只蝴蝶不可! 这时我姐总是把好看的小嘴一撇,大大的眼睛紧盯着我,你小心在你的海鲜店里变成一只螃蟹! 瞧,我姐就是这么清高。其实你有什么清高的? 放着银行好好的工作不干,在家待业,连跑文化局花的钱都是我给你拿的。你还清高? 再清高你就不食人间烟火了！这不真让我说对了不是？她变成了一只蝴蝶。她本来就是一只蝴蝶。要我说这是件好事，变成一只蝴蝶总比在房间里变成一具僵尸要强吧！

父亲：我看到了冰清化蝶破窗飞走的全过程。那天早上，我照例在院里练功。正当我闭目养神时，我听到了冰清那间屋子有成团成团玻璃碎裂的声音，那声音尖锐地划伤了寂静的早晨。之后便是窗户轰然打开。一只巨大的白蝴蝶就伏在了窗台上。严格说，那是人头蝶身。我惊诧地走上前去。那只蝴蝶就说话了，她的声音细小沙哑而含混，爸，我终于变成一只蝴蝶了，我要像蝴蝶一样飞翔了！啊——啊——

我看清了那是冰清，我的女儿冰清，一只人蝶。我的心里充满了恐惧和悲伤。作为父亲，我对冰清抱的希望很大。然而这孩子的任性和不合时势却让我失望。自她从银行辞职以后，我很少过问她的事。我们工厂快要倒闭了，我这车间主任也不好当，我有自己的一摊子事。她要去文化局上班，我是持反对态度的。但我还是由了她，但人事安排不是那么容易的事。那个颜局长是个滑头，既收了礼，又不给办事，还总是让你满怀希望。真不是东西！冰清隔三岔五地跑文化局，每次回来都兴冲冲地告诉我，快了快了，快上班了，去创作室搞创作。可每次回来又都是漫长的等待。钱花了几千，事情总没个结果，这押长的等待让冰清有些狂躁。我知道冰清的心里苦。我还知道冰清内心深处有更隐秘的东西在折磨着她。因此她才绝尘而居，连男朋友都绝交了。

就在我愣神的时候，冰清化成的那只白蝴蝶开始了飞翔。她巨大的羽翼拖着疲惫沉重的身子一沉一浮地上下游动，缓慢吃力但执着坚韧。羽翼振动抖落下星星点点的鳞粉，洒满了我们的庭院。她渐飞渐高，渐飞渐远。她飞到一栋高高的建筑物楼顶，用温柔的目光最后翻阅了一遍这座她生活了二十五年的城市,然后果断地飞走了。那时阳光刚开始照耀我们这座城市。那只蝴蝶就穿过了金色的阳光,挣脱了我的视线。那个早晨因了一只巨大蝴蝶的飞翔而倍加生动和鲜活!

男友:我算冰清的男友吗? 应该算吧。我们热恋过,但我们很纯。她说,我要留一个完整的我给我自己,也希望爱我的人留着空白等我。可她最后的完整却被文化局那个姓颜的狗屎破坏了。因此冰清才完全封闭了自己。那天我去看她。那很毒的阳光。她没让我进屋,她打开一扇贴满蝴蝶的窗口,递给我一把旱伞。我们隔窗而谈。我感觉我在跟一只蝴蝶隔窗而谈。这只蝴蝶告诉了我她最后的隐秘。我是主动的,我在家里快等疯了! 她说。我根本不会想到他会很快调走,她又说。

让我想象一下冰清化蝶的过程。那天黎明,冰清终于写完了《飞翔或者冰清化蝶》。她把那沓厚厚的手稿放在了写字台上,然后打开封闭已久的房门,端来一盆清水,除去衣裙,开始清洗全身。日光灯下,冰清毫无瑕疵的胴体发出玉器一样的光芒,把屋内的蝴蝶们映照得通体透明、栩栩如生。冰清就对着蝴蝶们喊了一声,把我变成一只蝴蝶好吗? 话音刚落,冰清的身体就起了变化。渐渐地,她的身上生出了蝴蝶具有的一切特征。几分钟后,冰清完成了由人向蝶的转化。

现在冰清化蝶飞走了,离开了我和我们这座城市。我真替她担心:做人不自由,做蝶就一定自由吗,冰清?

影子离我而去

事情就从那个上午开始。是的,那个上午。我和女友去看一场很轰动的电影——《泰坦尼克号》。在检票口,我出示电影票,守门的老太太却把我们拦住了。你们不能同时进去。老太太说。为什么?我和女友都很惊愕。不为什么?泰坦尼克号都沉没了,你们还有心思出双人对吗?你看,哪一个人不是单身出入呢?

我们就向四周打量,很仔细地打量。果然,今天来看电影的,不论男女老少,都是单独行动。一个个像鱼一样孤独地游进那个检票口,游进那个大鱼篓。我不知道鱼篓里等着我们的是什么。怎么办?女友问我。我将两手一摊,没办法,或者不看,或者我们分开。女友沉默。我知道她既想看又不愿分开。我们正在热恋。

把门的老太太看我们犹豫不定,就插话道,我有一个办法,只有这个办法。你,那男的,把影子留下!

我看了看我在阳光下黑乎乎的影子。我活了多少年,影子就陪伴了我多少年。这能分开吗?我不敢想象。

在我纳闷的时候,老太太已经从口袋里掏出两把水果刀。她说,站好别动。她就走到我跟前,蹲下身子。她用一把刀子,插进我的影子和地面之间。用另一把刀子在我脚下与影子相连的地方用力划了几下,又环绕影子划了一圈,便很巧妙地把我和影子剥离了。老太太把影子拎起来,放在一把椅子上,对我一挥手,好了,你们可以进去了。出来后,再把影子带走。我试探着挪动脚步,觉得没有影子的身体很轻松,看来形影不离这句话让老太太给改了。我指着女友问老太太,她的影子呢,也留下吧?老太太一撇嘴,女人就是男人的影子,她怎么会有影子呢?我不信。就把女友拉在阳光下。奇怪!她真的没有影子。

我们进了影院,进了那个鱼篓。黑压压的鱼们随着泰坦尼克号的浮沉而沉浮。当那艘巨轮终于沉没的时候,女友瘫软在我的怀里。我感觉到她的身体在抽搐。

电影散场。我拥着女友,在守门老太太那里拎上我的影子,将他胡乱捆在摩托车的后座上。我发动了摩托车,带着女友来到了影院附近的一家酒店。就在我们放好车要进入酒店时,捆在摩托后座的影子说话了,给我松松绑可以吗?影子的声音微弱而暗哑,我好难受呢,疼。

我看着我可怜兮兮的影子,看着他黑瘦矮小、面容模糊的样子,便给他松了绑。我问,你不会离我而去吧!怎么会呢?除非你不再需要我了。影子说。怎么不会呢?你现在已经有另一个影子了。影子又说。

中午那顿自助火锅吃得热烈而舒服。三十块钱一位,啤酒饮料管够。我就多喝了几杯。是的,多喝了几杯。女友说,肚子是自己的,酒是别人的,喝多了不是?看你脚跟都不稳了,咱不骑摩托了吧?

没事,我送你回家。我大着舌头说了一句。影子忠实地走过来,小心地扶女友坐好,然后伏在女友身后。我发动车,一加油门,摩托便行驶在大街上。午后的阳光灼烤着柏油路面,远远望去,路面好像溶化了一般,黏得车轱辘唰啦啦地直响。女友紧搂着我的腰,将胸脯贴上我的后背。那两个软软的东西摩擦得我心里好痒。我把车开得飞快。

慢点！女友说。慢点。影子说。

没问题，我说。我闯过一个红灯，又闯过一个红灯。女友尖叫一声，又尖叫一声。该拐弯了。不好！前面一个女学生骑着自行车横穿马路。我急踩刹车，"哧儿——"一声凄厉的摩擦声，没刹住，自行车还是被我撞倒了。我的车仄歪了几下，打了一个360度大转弯，竟然没倒。我的酒早醒了大半。迷迷糊糊间，觉得有件东西被抛在了马路上，摸摸身后，女友还在。她肯定早吓晕了。

我稳住神，看看躺倒在地的女学生，血已从她的连衣裙里渗出来，自行车轱辘朝天，歪在一旁。怎么办？我的脑子飞快地旋转。这是一个偏僻的街道，这是一个炎热的中午，行人稀少。怎么办？三十六计，走为上，要不麻烦可就大了。将360度大转弯的车又弯了过来，我再加油门，摩托车带着我和女友嘟嘟嘟安全到家。回到家，我才发现，坐在后边的影子被我丢失了。

事情就从这时结束。后来，听说一个看不清面容的黑人将女学生送进了医院。后来，女友就和我中止了恋爱关系。从此，我成了一个没有影子的男人。

寻 找 我 家

我开始寻找我家。

我不知道是在什么时候什么情况下丢失了自己的家的。我们这座新兴的城市并不大，我曾经骑着摩托车在阳光灿烂的时候围着这座城市不停地寻找，找遍了大街小巷，都没有找到。在万般无奈的情况下，我到电视台去登广告。

我的广告词是这样拟写的：某男人因不慎丢失家庭一个，内有 30 岁的年轻妇女一名，外带一名六岁男孩。另有家具什物若干。记忆中家庭住址在×××街××巷×号，有见到者或帮助找到者，请通知电视台广告部转，必有重谢！我把广告词交给部主任，部主任又将它交给台长。台长大笔一挥作了指示：现在丢失家庭的人很多，据统计在我市 30~40 岁的男女青年中，丢失家庭率高达 67.8%，且还有不断上升之趋势。这是一个值得特别注意的问题。为帮助他们尽快与家人团聚，凡来我台登播寻找家庭广告者，一律免费！我高兴地谢过台长，留下呼机号码千恩万谢一番，出了电视台。

我走在春天的大街上。此时杨花柳絮正像雪花一样舞蹈成一道迷人的风景。我在风景里驻足。一对情侣旁若无人地相拥着走过我身边，在不远处亲吻。放学的孩子们唱着儿歌像鸟一样扑打着如雪的杨花。我想如果不是丢失了家，那一对情侣应该是我和我的妻子，这一群孩子当中也应该有一个是我的儿子。可我的妻儿现在在哪里呢？我痛苦地闭上眼睛。

登出广告的第二天上午，我的呼机叫了。那时我正在一家豪华宾馆里睡懒觉。我复了机，是电视台打来的。他们已经为我找到了家，一会儿就派车送我回去，要我立即去电视台。

我激动万分，坐着电视台的车踏上了归家的路。车子七拐八绕，在一个高大的建筑物前停住了。广告部主任领我绕过高大建筑物，蹚进一条小巷，在一个古铜色的铁门前停住了。他和蔼地对我说，到了，这就是×××街××巷×号，你回家吧！

我掏出钥匙开门。啪，锁开了。我终于又一次走进了自己的家。我看见妻子正在客厅猫腰撅腚地擦地,六岁的儿子正在写字台上写作业。我没敢打扰他们,我想悄悄绕过客厅回到我和妻子的卧室。这时妻子扔掉拖布惊慌地开口了,站住! 你是谁? 你想干什么?

钟蕾,是我呀! 我叫着妻子的名字,我回自己的家来了!

钟蕾后退一步,定定地望着我,这怎么是你的家呢?

这怎么不是我的家呢? 你看这两间正房两间陪房,是我操持着盖的。院里的石灰砖,是我的哥儿们替咱们砌的,客厅这套进口仿皮沙发是我打三折优惠从一个关系店里买来的,卧室里挂着的那幅字是著名书法家铁西为我写的,他还请我雅正呢! 这怎么就不是我的家呢?

你说得一点不错,这些都是我丈夫干的。可我怎么就不认识你呢? 钟蕾仍然摇着头。

你怎么会不认识我呢? 我们是在一九九〇年五月一日结的婚对不对? 你后背靠近臀部的地方有一颗黑痣对不对? 我们的儿子是在我们结婚一周年纪念日出生的,今年6周了对不对? 再有他随你的姓叫钟小蕾对不对?

对呀对呀对呀,你说得非常正确,我也好像在哪里见过你,可我怎么就想不起你呢? 钟蕾睁大眼睛,上下左右地探测了我一圈,仍然摇头。她喊来了儿子,钟小蕾过来,你看看这个闯进咱们家的人,他是你爸爸吗?

不是,钟小蕾瞪着骨碌碌的眼睛不假思索地回答,我爸爸不是正在厨房做饭吗? 我去喊他来,爸爸,爸爸——

我的儿子钟小蕾从厨房里喊来了他的爸爸。是他爸爸,却不是我,是一个围着围裙、满手油渍的中年男人。那男人四方大脸,一脸的愚钝。天哪! 我什么时候变成了这副模样,我比他要年轻要英俊,比他能挣钱,比他能做事,比他……

那男人问明了情况,一手拿着铲子,一手护住钟蕾母子,厉声说,这是我的家,请你出去,出去,出去! 要不我可揍你了!

中年男人说这话的时候,我浑身打了个寒噤。我怕打架,我不是这个男人的对手。我乞求般地望望钟蕾母子。钟蕾紧紧地贴在中年男人的身上,一副漠然置之的样子。钟小蕾呢? 他两手叉腰,虎视眈眈地站在那个不是我的爸爸身边,一副上阵父子兵的神态。

我的心底升起一股贯彻骨髓的悲哀。我逃也似的跑出这个失而复得的家。

大街上,杨花柳絮仍在漫天飘舞,我在杨花柳絮中迷失。这明明是我的家,这又不是我的家,那我的家在哪里呢?

我至今仍在寻找。

谁也别想活

想象一个谋杀的场面。一个女人扶着一个男人走下汽车,走进那个十字路口的铁板房。男人喝醉了酒,醉得很深,一挨床铺就呼呼地睡去。女人从货架上取下一桶汽油,倒在屋里,然后把烟和火柴放在男人床头,然后出门,用一把大锁锁住了铁门。半夜,男人醒了,摸索着抽烟。未熄的火柴被掷在床下。嘭的一声,汽油被引燃,火焰立即弥漫了铁板房。男人被火烧成了炭尸。

这个谋杀的场面激烈地在我的眼前翻腾,翻腾了许久。当我安葬了这个男人以后,我开始了关于这个男人死因的调查。油漆斑驳几欲坍塌的铁板房、半个散发着刺鼻胶皮味的摩托车轱辘、一个被砸开的大铁锁。我的目光死死地盯着这些遗物。恍惚间,我看到下岗工人马其顿一脸沮丧地走出他工作了二十年的机械厂,在县城一个并不繁华的十字路口支起简易铁板房,开始修理摩托车、补胎、打气。马其顿十天半月不回家,就在铁板房歇息。他那辆破旧的"嘉陵125"便成了他日夜的伴侣。我知道马其顿的妻子是一个很漂亮很能干的女人,她在一家效益很好的公司当会计。他们有一个驻校读初中的女孩。我在马其顿家里看过马其顿全家的合影。马其顿搂着妻子和女儿笑着,笑出了一脸的憨厚。马其顿下岗以后,那张合影便被妻子从墙上取了下来。妻子对马其顿解释说,别挂了,让孩子看了怪难为情的。马其顿说,可孩子不常回家呀!她要是突然回来呢?妻子反问了马其顿一句。

女孩真的在一天突然回家,那天学校临时放假。女孩看到了她家单元门前停着一辆黑色的奥迪。她知道这是她妈和她们公司经理常坐的那辆车。她也坐过。女孩就悄悄地走上楼,在自家门口停住了。她掏出钥匙开门,门反锁着。女孩只好下楼。她无情无绪地找到了马其顿的铁板房,看到马其顿猫腰撅腚满脸油污地鼓捣摩托车的样子,女孩就用自己节省的零花钱给马其顿买来一条毛巾、一块香皂,还有一个盒饭。之后女孩就含着泪回了学校。

我和马其顿的女儿谈了几次话。马其顿的女儿告诉了我这样一个线索:那天傍晚,马其顿穿着一身崭新的工作服来找她,交给了她一个存折。马其顿说,孩子,这是爸两年修车的积蓄,你保管吧,考学时用得着。马其顿还说,今晚你妈的经理请我吃饭,你妈也去。可能你妈会让我回家的。马其顿的女儿说,马其顿说这一番话的时候,粗糙的脸上闪过了一丝叫作柔情的东西。

　　那晚马其顿就喝醉了酒,醉得很深。第二天早上,铁板房里就有一个男人被制作成了炭尸。好多人都说是男人的电炉子漏电起火。我敢说,不是的,这是蓄意谋杀。

　　我终于发现了那辆黑色奥迪车。它又一次停在了马其顿住的单元门前。我静静地做着准备,静静地等待那个时刻的来临。夜半。我提着一个油桶悄悄地走上楼梯。我想马其顿的女儿那次回家也是这样静悄悄地走上楼梯的吧。这种静悄悄可不是一般的静悄悄。我来到了我很熟悉的那个门口。我先把一只很细的胶管顺着防盗门的缝隙慢慢地塞了进去,又从衣兜里掏出一只注碗,与胶管连好。我将那桶液体一点一滴地注了进去。然后,我拿出了一把曾被砸开又被修好的大锁,锁上了门。然后我掏出了一盒火柴……

　　我是在第二天晚上在县电视新闻里看到那两具炭尸的。一个女人和一个男人的炭尸,同时看到的还有屋里烧焦的一切。使我惊讶的是除了这套房子之外,楼上楼下,楼左楼右,居然丝毫未损。

　　我去公安局自首。警察凶巴巴地问我,你是谁?我嘻嘻一笑,笑得警察毛骨悚然。我说,我是马其顿的弟弟,也是马其顿的幽灵。

我看到孔木哭泣的眼睛

　　一辆农用拖车从孔木身边驶过，然后它仄歪了一下，就挂住了孔木的风衣。孔木摔倒了，后脑勺嘭的一声撞在了马路上。

　　孔木的前妻梦诗打电话给我，她流利地说，孔木死了，就在你们喝酒的那个晚上。

　　那晚上我们是喝酒了，可没喝多。我们广告部做成了火车站的一批活计，为了庆祝，我和孔木去了一家饭店，每人一小瓶二锅头，二两的。

　　孔木对我说，你回家吧，我想自己走走。他就径自沿着大街向前走去。我看到他那黑色的风衣张扬在夜晚的城市里。孔木那时真像一只孤独的大鸟。

　　孔木死了。我看到了孔木哭泣的眼睛。

　　是的，那个哭泣着的人是孔木。他不是透过泪水哭泣，他是透过血迹微笑。死去的人还有微笑吗？我不懂。可我在孔木哭泣的微笑背后追溯到了一个诗人短暂的一生。

　　流浪诗人孔木流浪回来，来到了我的广告部。一脸乱糟糟的络腮胡，一口脏兮兮的黄牙，再加上憋细的公鸭嗓，证明着他的激情和诗作已经无法销售。我收留了他。我以前也爱好诗歌，现在我爱好金钱。我让孔木为我策划广告。

　　孔木辞去公职，去了北京。孔木说我们这座城市不是一个生产诗歌的城市，只能盛产小市民。就连大街上来来往往的女人土不土不洋的打扮都让男人反胃。孔木就去了北京。

孔木想出一本诗集。他就找到他们厂长要求赞助。厂长一口回绝了。厂长说咱们厂子马上就要倒闭了,哪里还有资金帮你出诗集?孔木没有罢休,出诗集的渴望催促着他干了一件极为大胆的事。在星期天值班时,将厂里一堆废机器自己做主卖给了金属回收公司。诗集出版的那天,孔木接到了被厂里除名的通知书。孔木是被厂子除的名,他却说是辞了职。其实除名和辞职没有多大区别。只是辞职的孔木同时又离了婚。女人在成熟之后需要的不是精神而是物质。

我看到了孔木哭泣的眼睛。

我和孔木是在 20 世纪 80 年代一次文学创作会上认识的。诗歌讨论会上,诗情盎然的孔木大段大段背诵着他的诗作:我们正是做梦的年龄/梦中的枇杷树/结了青青的果子/那个穿红兜肚的胖丫头/长在树尖/播种着白白亮亮的诱惑。孔木的诗诱惑了我,也诱惑了那个叫梦诗的女孩。她说孔木每一根络腮胡须都是一首爱情诗。梦诗像蝴蝶一样飞到孔木身边,将笔记本和白白亮亮的身体一同让孔木签了字。那时,孔木的眼里蓄满泪水。

啊!……我看到了孔木哭泣的眼睛……被人追求的哭泣……出版诗集的哭泣……流浪行吟的哭泣……举杯豪饮的哭泣……还有喋血仆地的哭泣……怎么会只是哭泣孔木?……是谁幸福了你?……是谁伤害了你?……说出那些人的名字……你知道他们是谁……说吧,记忆……别人不听还有我……给你准备了一块手绢……一杯热茶……一支香烟……一个剃须刀……一把牙刷……还有一瓶浓烈的二锅头……醉了吗?……没醉……诗歌……历尽百转千回……走过千山万水……为什么流浪……流浪远方……

我不知道有没有讲完孔木的故事。我出席了孔木的丧事。我该出席。我为孔木买了一个大大的花圈。还有一丈长长的挽幛,黑色的。这不是孔木黑色的风衣吗?那件孔木张扬如大鸟的风衣。那是孔木最后的张扬吗?

可那件风衣却穿在另一个女人身上,不是梦诗,是另一个女人。她抽泣颤动的曲线和绰约风姿就像孔木的一首情诗,黑色的情诗。她是谁?我问梦诗。孔木北京的女人,一个可耻的第三者!梦诗咬着牙说。梦诗说完搂着一身孝衣的儿子号啕大哭。那哭声与当年的梦诗相去甚远。

通过孔木儿子的泪眼,我看到了孔木哭泣的眼睛。可是,突然间我却觉得那不是孔木的眼睛,只是那个样子像孔木,非常像。

那是一群孔木哭泣的眼睛。

飞来飞去的蜻蜓

这是关于大陆的故事。

这是关于大陆和蜻蜓的故事。

这是关于大陆和蜻蜓以及荞麦的故事。

我的理想是做一只蜻蜓,大陆说。大陆说完这句话,全班同学就哄堂大笑了,男同学和女同学,还有老师。那天开班会,老师在课堂上问同学们长大后的理想是什么,有的答想当科学家,有的答想当解放军,有的答想做人民教师,有的答想当官做人民的公仆,有的答想挣钱做百万富翁……轮到大陆表态了,大陆将目光从同桌荞麦的脸上移到了老师的脸上，又从老师的脸上移到了玻璃窗外。一只飞来飞去的蜻蜓就落入了他的视野。大陆就说了这样一句：我的理想就是做一只蜻蜓！

你为什么想做一只蜻蜓呢？大陆问自己。

因为蜻蜓会飞，而我不会。大陆回答自己。

大陆是个跛子。大陆起初并不是跛子。大陆成为跛子完全是因为父母的粗心。那是大陆3岁的时候，父母下地干活，将他放在一个萝卜坑里，并且抓了两只蜻蜓和他玩儿，一玩儿就是半天。潮湿的萝卜坑不仅洇湿了蜻蜓的翅膀，也洇湿了大陆的两条腿。

大陆得了小儿麻痹症。

也许从那时开始我就想做一只蜻蜓了吧？蜻蜓是比人自由的。你看，它自由自在无拘无束地在天空下、在沟渠边、在田野里、在花丛旁飞来飞去，累了倦了就伏在花丛里吮吸着露水和花粉，激情上来就觅一知音粘连在一起制成"小飞机"作热烈的舞蹈。耳朵尖的人甚至能听到它们爱情的吟唱。蜻蜓真让人羡慕呢！可我，大陆，一个跛子，只能坐在自家的田埂上，望着蓝天白云发呆，望着蜻蜓胡思乱想。

大陆——大陆——有人喊着我的名字冲我奔来，是荞麦。她向我奔来，怀里抱着一样东西，跑得上气不接下气，那条粉红色的连衣裙在风中飞扬着。荞麦就飞扬成一只美丽的蜻蜓。突然，荞麦的脚被田埂绊了一下，美丽的蜻蜓就戛然停止了飞翔。我惊叫一声，立即跛着脚跑向荞麦，把她扶了起来。荞麦把怀里的东西推给我，喘着气说，给，这是你想要的画夹和画笔，我托人从北京买来的，往后你就不用在地上乱画了！

我接过画夹的时候，发现荞麦的脚上渗出了血。

荞麦就是一只蜻蜓。荞麦不仅自己飞来飞去，还带着大陆飞来飞去。大陆和荞麦的婚事，荞麦的父母不同意，荞麦就带着大陆私奔了。他们像蜻蜓一样飞到了城里，开了一个小餐馆。

大陆仍做着画家梦。每天餐馆关门了，大陆就在灯下挥毫作画。画天空下沟渠边田野里花丛旁的蜻蜓：飞来飞去的蜻蜓，各具情态的蜻蜓，大大小小的蜻蜓，大陆就把蜻蜓画成了自己。耳边荞麦劳累的呼噜声就是大陆灵感的源泉呀！

大陆参加了市里举办的书画比赛，获了个第一名。大陆就对荞麦说，荞麦，我想办一个蜻蜓画展！荞麦对大陆说，大陆，咱们的餐馆要扩大，对面的金老板邀我合伙经营一个极乐天大酒店呢！等酒店赚了钱，再办画展也不迟！

大陆就没了言语。他跛着脚收拾完餐馆，洗完碗筷，又来到了画桌前。那晚，他就画了一只跛腿的蜻蜓。对面酒店里有音乐和女人的嬉笑声破窗传来。

在我的眼里，蜻蜓是会变的。有时它是蜻蜓，有时它又会变成蝴蝶。荞麦在极乐天大酒店里就变成了一只招摇的蝴蝶。荞麦成了老板，确切地说是做了老板之一。我不再去酒店上班。我在我和荞麦居住的房子里专心作画。然而一个多月过去了，我却连一张像样的蜻蜓画也画不出。于是我决定飞回乡下。我来酒店向荞麦告别。荞麦正和金老板在办公室算账。我看见荞麦的妆化得很浓，身上那股香气熏得我几乎晕倒。我还看见了金老板的大金牙和他脸上那个清晰的红唇印。

大陆飞回了乡下。他在天空下田野里花丛旁和蜻蜓一起飞翔。他就觉得自己又变成了一只自由自在的蜻蜓。大陆想：飞翔是什么？飞翔是为了掩饰自己的某种缺陷而采取的一种逃避行为。只有掩饰和逃避才能达到物我两忘、轻扬飘逸的状态。我是这样,蜻蜓也是这样。在这个问题上,人和蜻蜓是没有区别的。

大陆悟到了这一点,画就有了质的变化。大陆画里的每一只蜻蜓就让大陆增添了一种残缺的冷酷的美:那是一只只折翅失羽、欲飞不能而又奋力去飞的蜻蜓。

大陆带着这厚厚的一沓画稿回到了城里。他宽大的画夹在他的身后就颠簸成一曲支离破碎的情歌。

大陆来到了他和荞麦居住的房门前。他打开了房门,打开了卧室。他的眼前一片恍惚:他那只蜻蜓羽化的蝴蝶正被两排金牙咀嚼着。旁若无人地咀嚼,蚕食鲸吞地咀嚼。大陆就扯下身上的画夹,把画稿向房间抛散开去。满屋的蜻蜓就扑棱地飞翔起来。在蜻蜓的飞来飞去中,大陆感觉自己凝聚了所有蜻蜓的力量,他急速地扑上去,用荞麦送给他的那副画夹用力夹住了蝴蝶和金牙。大陆就把蝴蝶和金牙夹成了一对透明的翅膀。

那是一只受伤的蜻蜓的翅膀!

一 人 三 面

早上六点,简洁准时醒来。那正是附近那所学校放《运动员进行曲》的时候,住宿的中学生们又开始早锻炼了。简洁醒来,给丈夫盖了盖滑落的毛毯,简单地洗漱一下,就开始忙活一天的饭菜了。她必须忙活一天三顿的饭菜。丈夫患了脑血栓,每天拄着双拐走路,儿子还在上小学,她在一家酒店打工,总是深夜才能回来。

饭熟了。简洁叫醒了儿子，又照顾丈夫起床穿衣。她拿出一件崭新的 T 恤衫要给丈夫换。丈夫晃动着脑袋，言语不清地说，你……你又为我花钱，我住院欠下的账还没还清呢！简洁说，那账甭管了，养病要紧。何况这不是我花的钱，是我们酒店成立两周年发的纪念品，我特意要了件男式的。丈夫的眼里就有了闪亮的东西在滚动。

穿完衣服，简洁又从洗手间打来一盆清水端着让丈夫洗脸。丈夫费劲地聚拢双手，掬起水来往脸上撩，水就撒落到了 T 恤衫上。丈夫说，你看我多……多笨，把新衣服都弄……弄湿了。简洁就一手端盆，一手用毛巾沾水轻柔地在男人的脸上擦洗着，甭着急，慢慢养着，过了这个夏天就好了。丈夫点着头，快……快好了吧，好了我就出去打工，你……你在家待着！

接下来就是锻炼的时候了。简洁从门后拿来了双拐，略一沉吟，又放回去了一个。简洁说，你今天试试用单拐走路怎么样？丈夫接过单拐，夹在腋下，一迈步险些摔倒。简洁连忙扶住他没夹拐的胳膊，一步一步地搀着他来到客厅。楼房的客厅是很窄的，锻炼只能绕圈子。一圈，两圈，三圈……丈夫在妻子的搀扶下走得很慢，也走得很稳。简洁不住地夸奖，有进步，有进步！

吃完饭，儿子上学走了，丈夫走路累了。简洁洗涮完毕，又到菜市场转了转，买了几样便宜的蔬菜，割了几两肉就 9 点多了。该上班去了。

简洁挤上公共汽车，来到了她打工的酒店。员工们都来了，服务小姐在清扫房间，厨师们已换上了洁白的外罩。简洁同大家招呼着，径直来到了经理室。简洁在这家酒店是一个有着特殊身份的女人。她是打工，可与别的打工妹不一样；她是经理，可又不是真正的经理。她是受人之托，替别人管理饭店的。简洁中专毕业，在一家国营饭店做会计，那是这个城市最早的一家饭店，后来饭店经营不下去，垮了。简洁就被人推荐到了这家酒店做会计。酒店经营者是个房地产开发商，酒店只是他事业的一部分，他就把饭店交给儿子来管理。后来儿子去北京学习企业管理了，就一股脑把酒店推给了简洁。

简洁从来没有发现自己还有当经理的才能。她去全城那家最大的酒店学了一天，就什么都懂了。到职业学校招聘了10名容貌姣好的毕业生作服务员，高薪聘请了几个名厨，又腾出几间空房建起了洗浴室、按摩室和小歌厅，酒店就开起来了，并逐渐火起来了。经理很快给了她绝对的人权和财权，简洁就找到了做经理的感觉。

每当临近中午或者临近晚上的时候，简洁总是笑盈盈地站在吧台前，一脸灿烂地迎送客人。她那身与众不同的蓝色的衣裙，恰当地包裹着她成熟而性感的身体，该露的地方她一概露着，不该露的地方她一点也不露，充分给客人留有想象的空间。酒席间，她会适时地到每个雅间去敬酒。尽管一小杯白酒兑了水，且又是象征性地一沾唇，客人们却都一饮而尽。看一看简经理灿烂的笑容，握一握她绵软的小手，客人们就都夸口说，唉，哥们儿，吃饭到某某饭店去，简经理和咱挺好！

简洁要的就是这种让所有的客人都觉得和她挺好的感觉。让所有的人都觉得你和她好而又不让他亲近你，这是女人的一门艺术。渐渐地，客人们都把吃饭当成了一种形式，一个由头，而见到简经理才是他们的目的。何况有时简经理还要亲自给他们洗洗头、按按摩呢！

简洁在客人面前是女神，而在服务员面前却仍是那个威严的经理。她从不饶恕部下的失误。这不，就是今天，简洁化完妆，换好衣裙,袅袅婷婷地来到吧台时,都十一点半了,领班的钟小姐还没来。她不快地问别的服务员,小钟怎么还不来?服务员们都摇头。呼她,也不回话,打手机,也关着。简洁的火一下子就冒了上来。她赶紧临时找了个服务员顶替领班。不一会儿,她的手机响了,是小钟来的电话。小钟说,她男朋友从部队回来了,今天请一天假。简洁就把手一挥大声喊道,从今天开始,你不用上班了,你的位子有人顶替了!啪,不容解释,简洁就盖上了手机的翻盖。

晚饭的时候,简洁正在和新任的领班谈话,她的手机又响了。是那个真经理的声音。简姐,你好,我是周至,我在蓝海洋等你,你过来吧!噢,又到周末了。你看光顾忙了,连这茬儿都忘了。每逢周末,周至都要放下北京的学习,回来看他的简姐。周至是那种在生意上粗心、在感情上细心的人。他从不过问酒店的情况,也从不在酒店和简洁亲昵,甚至连饭也不在酒店吃。他给了简洁充分的自由。这正是简洁喜欢他的原因。周至在蓝海洋宾馆包了一个房间。616,一个吉利的数字。就是在这个房间里,简洁和周至有了故事的开始。那是丈夫突然发病住院期间,简洁需要3万块钱。她打了周至的手机。电话里,周至既没说借,也没说不借,而是开车来到医院,将她接到了蓝海洋大酒店,请她吃火锅。吃完以后就带她上了616房间。那一次,周至开了一张5万元的支票。简洁接过支票,有了一种把自己卖掉的感觉。可时间一长,这感觉就消失了。缺了丈夫的呵护,简洁在周至这里又寻觅到了一种新的呵护。周至对简洁说过,简姐,你是什么?你是蓝色的海洋,我呢?在海洋舒适、温暖、阔大的容纳下,都快找不到自己了,我知道我再也不会有别的女人了!周至的话让简洁感动了,并且一直感动着。今晚,简洁就带着这种感动又一次来到了蓝海洋宾馆,来到了616房间。

鱼图腾

周至像以往一样,已经放好了洗澡水在等她。一进房间,周至就像鱼一样游过来。周至把简洁湿漉漉的长发缠绕在自己的脖颈间,喃喃细语着,今天和你商量个事,我离不开你了,不管是生意上,还是感情上,你嫁给我吧!往后这酒店就是咱俩的,我给你丈夫一笔钱,让他请个保姆算了!

简洁摇着头说,小周,你别犯傻了,不行的。我有丈夫,也有儿子,他们同样需要我。你把饭店交给我,让我实现了自己的价值,我把自己交给你,是因为你能让我得到我丈夫不能给我的……快乐!简洁选择了快乐这个真实的字眼。当她与周至快乐着的时候,连她自己也搞不清哪一个简洁更接近于本真的简洁了。

爱　情　诗

伊妹儿在购物商场家电部当导购。她每天要面对各式各样的顾客,老实的、认真的、世故的、圆滑的、刁钻的……她都要不厌其烦地向他们介绍推销,常常是一天下来,嘴唇儿都磨薄了。如果卖出去的家电多,提成高,她就自己犒劳一下自己,买一个汉堡,来一杯草莓冰激凌,来滋润滋润磨薄了的嘴唇儿。赶上运气背,所卖无几,她就郁闷得不行,拉上家具部的妙可儿到扎啤城,咕咚咕咚灌上两扎冰镇啤酒,然后就去慢摇吧随便找一位先生带进去摇上两个小时。

伊妹儿就是在慢摇吧发现那个女学生的。那时候一曲刚歇,伊妹儿和妙可儿从舞池往她们的座位上走。灯光下，她就看见了邻座一男一女很亲昵的两个人。女的很青春，男的年龄要大些。那时候，他们俩正喝啤酒。

伊妹儿就碰一下妙可儿，让她看。妙可儿说，那女孩我认识，是我妹的同学，职专的学生，常出来的。伊妹儿就左摇一下头，右摇一下头，不停地嘟哝，怎么会是这样呢？怎么会是这样呢？郁闷死了，郁闷死了。妙可儿就用力拍拍她的后背，怎么不会是这样呢？那女学生家庭困难，那男人是搞建筑的款爷。各取所需。你要是心动了，我也给你介绍一个行吗？伊妹儿就痛痛快快地说，敢情好，我正想找个有钱的对象呢！我要是傍一大款，就省得天天磨嘴皮子了！

第二天，妙可儿却没有动静，倒是伊妹儿遇到了一件开心的事情。那是商场快关门的时候，急匆匆地进来了一个50多岁的顾客。他买家电，而且是全套的家电：彩电、冰箱、空调、洗衣机、音响，而且也不还价。伊妹儿说是多少钱就是多少钱。结账的时候，那男人从手包里拿出一沓卡，随便抽出来一张，在纸上写了密码，对伊妹儿说，妹子，你就替我刷卡去吧，我去叫车装货！

刷完卡之后，那人却拉着货急匆匆地走了。伊妹儿攥着卡一阵窃喜，有钱真好，有钱就可以买东西不问价，有钱就可以把卡随便给人，有钱真是舒服死了！

下班以后，伊妹儿到柜员机上一查，卡里还有10万元呢！伊妹儿高兴地左摇一下头，右摇一下头，不停地嘟哝，怎么会是这样呢？怎么会是这样呢？

伊妹儿就请妙可儿，先是吃肯德基，喝冰激凌，然后是喝啤酒，再然后去慢摇吧。不过这次她们没用先生带，伊妹儿像先生一样甩给售票处一张百元大钞，豪迈地说，不用找了——

从慢摇吧里出来,妙可儿搂着伊妹儿说,怎么样?我给你介绍的那位款儿?伊妹儿嘻嘻哈哈地说,你丫说话不算话,什么时候给我介绍了?妙可儿就抹一下伊妹儿的脸,你别装傻了,卡都收了人家的,还不承认?

伊妹儿就挣脱了妙可儿的搂抱,吃惊地望着她,怎么会是这样呢?怎么会是这样呢?妙可儿说,怎么不会是这样呢?你不是答应了吗?伊妹儿说,我随口一说,你还当真了!我就不明白这么好的事情你怎么不自己留着?

妙可儿被噎住了,在夜风中,她的酒劲上来了。她蹲在地上吐了半天,才惨白着脸缓慢地说,本来我是自己想留着的,可留不住了。我跟了那男人两年。他想换新的了。他就让我给他找,并且说好找到后把现在住的房子给我。他今天去买家电,实际上是看你。看中你后,就把卡留给了你,把家电搬进了新房。她让我告诉你,你如果同意跟他两年,卡和房子就归你。如果今天同意,晚上就可以去新房,他已经在那里等着了……

伊妹儿有点不相信自己的耳朵。她倒退了几步,定定地看了看自己的朋友,觉得妙可儿是如此得陌生。她掏出那张银行卡,扔给了妙可儿,可儿,你告诉那个男人,我怕吃苦,但不想糟践自己,我喜欢钱,但不想出卖身体!

伊妹儿扔下妙可儿,坐上了一辆人力三轮车。一辆又一辆的汽车像水流一样漫过来,漫过去,灯光交叉缠绕,晃得她眼花缭乱。她干脆闭上了眼睛。汽车好,是别人的;三轮慢,自己掏钱坐着,心里踏实。

现在,伊妹儿仍然在购物商场家电部当导购。她每天要面对各式各样的顾客,不厌其烦地向人介绍推销,常常是一天下来,嘴唇儿都磨薄了。不过,下班以后,她可以回家滋润嘴唇了。她刚刚和商场一个送货工结了婚。那个小伙子身体健康,爱好文学,每天晚上都要给她写一首爱情诗。

纪念白求恩

枪炮声渐渐稀少,不久就停了下去。伤员不再抬来,6 里以外的齐会战场战斗已经结束了。

诺尔曼·白求恩走出了真武庙。战斗持续了三天三夜,他率领战地医疗队连续工作了 69 个小时,救治了 115 名八路军伤员。但他还是不敢休息,唯恐有新的伤员突然而至。他在真武庙的临时手术台上稍微打了个盹,就来到了屯庄村口。在四月早晨温暖的阳光下,他向着远方望去。如果战争顺利的话,他 11 月份就可以回到加拿大了。

尹闯夫妇就是这时候走进白求恩的视线的。那时候,尹闯牵着一头小驴,他媳妇背着筐头,手里牵着三岁的女儿。他们要到地里去。

白求恩的视线从远方收回来,落到了大人和驴上,又落到了女孩粉嘟嘟的小脸上。他突然跑过来,张开双臂就要抱那个可爱的小女孩。尹闯夫妇看到一个黄发碧眼、人高马大的洋人,当时就吓呆了。他们扔下毛驴和筐头,抱起孩子就跑,边跑边喊,乡亲们快来啊,有人要抢孩子——

喊叫声聚集来了村民,也把医疗队惊动了。村民们护着尹闯夫妇和孩子。医疗队的翻译郎林赶紧过来解释,原来,敏感的外科医生白求恩看见了小女孩的豁嘴,觉得很可惜,想抱起她给她做个整形手术。

尹闯不知道什么是整形,什么是手术。白求恩比比画画,郎林向他解释以后,他才疑惑地问,孩子的豁嘴是从胎里带来的,能治好吗?郎林说,你知道白求恩是谁吗?这是最小的手术,没问题的。

手术很简单,也很顺利,不几天就拆药线了。尹闯拽着媳妇,给白求恩送去一篮子红枣和柿子。白求恩抓了一把红枣,香甜地吃了一个,把篮子递给了尹闯。白求恩说,老乡,我是八路军的医生,不收礼物,给孩子治病是应该的,要谢就谢八路军吧!

白求恩的这句话,改变了尹闯的一生。他搂着媳妇想了一整夜,终于想出了一个感谢白求恩的最好办法。他参加了八路军,跟着贺龙的部队上了前线。尹闯走的那天,年轻的媳妇流着泪,抱着康复的女儿追了很远。

尹闯再次见到白求恩,是在涞源战场上。一场战事正在涞源与摩天岭之间的战线上展开。尹闯的腿被日本鬼子带毒的弹片穿透了。他昏昏沉沉地被抬到了一个小村子里。

很快他就上了手术室。手术室设在村子的木头戏台上。戏台前面挂着几幅白布,挡住了他的视线。一会儿,白布幔被掀开,一个熟悉的身影闪了进来。

白大夫……尹闯叫了一声,想坐起来。白求恩按住了他,别动,你的伤很严重,要立刻手术。

显然,白求恩没有认出他来。他开始给尹闯做手术。

外面突然响起了一阵枪声。哨兵跑进了手术室,报告,敌人从我们后方过来了,要马上转移!

白求恩头也没抬,做完手术再走。他又对护理员说,快,把剩下的伤员都抬上来,一次三个,时间还来得及!

一发炮弹,落在了戏台旁边,白布幔被撕扯去了一片。

该死——白求恩大声骂了出来,助手们都飞快地转过身来。但见他做了一个手势,没什么,我刚把手指划破了。他举起了没戴手套的左手,浸到了旁边的碘酒溶液里,然后又继续给尹闯做手术。

尹闯抬起头,声音微弱地说,白大夫,你撤吧,我不要你因为我不走!

白求恩轻轻地把他的头按了下去,这是医生的事情,如果手术停下来,你这条腿就要完了!

尹闯说,白大夫,你可是救了我们一家人啊!

白求恩没有听见。尹闯的泪水在越来越近的枪炮声中肆无忌惮地滚了出来。

接下来的事情大家都知道了。白求恩因给八路军战士做手术划破手指,不幸感染,患了败血症,在唐县逝世。那是 1939 年 11 月 12 日,凌晨 5 时 20 分。是他原定要回国的日子!

后来的事情大家就不知道了。那个被白求恩治好腿伤的八路军战士尹闯,重返抗日战场,打走日本鬼子,又参加了解放战争。新中国成立后,他解甲归田。回村后,他带领媳妇女儿,在河间屯庄真武庙前,跪了整整一天,然后挨家挨户走了一圈,开始募捐。

一年后,尹闯请人建起了白求恩手术室纪念馆。按照自己的印象,塑了一个白求恩雕像。尹闯就在纪念馆内,盖了一间小房,

鱼图腾

常年守护在那里。

1995 年,尹闯病逝。政府对纪念馆进行整修,命名为爱国主义教育基地。基地就掩映在绿树环抱的屯庄内。

青　花

开始——在亮亮的灯光下面,电视台那个胖乎乎的女导播挥挥手,摄影师就把黑洞洞的镜头对准了我。导播也把话筒举到了我的面前。我觉得他们是把炮口和枪口对准了我。我头上冒汗,嘴唇哆嗦着说,把炮口和枪口拿开行吗? 要不我开始不了!

导播妩媚地笑了。她说,不行! 那样我们做不了节目,您老就克服困难配合配合吧!

我没办法,他们大老远地从北京扛着家伙来,还给我带来了一箱礼物,就为找我这老头子录几个镜头,我不配合也说不过去。我就配合着说,从哪里开始啊?

导播说,就从你借那 5 元钱开始吧!

一提起那 5 元钱,我一下子就平静了。我的汗开始消退,嘴唇也不哆嗦了。我仿佛又回到了 50 多年前。

1953 年 5 月,我从学校毕业,分配到甘肃天水工作。一天,家里急需用钱,我就向同事万全借了 5 元钱。万全把钱给我的时候说,我手头也比较紧,刘亦秋,你可记住,发了工资就还我,我还等着回老家娶媳妇儿呢! 我记住了万全的话,我不能耽误了人家娶媳妇儿,你说是不是?所以,我半月后领了6元钱津贴,赶紧去还钱,可万全下乡蹲点去了。我就只好等他回来。一个月后,万全没回来,我倒走了。我离开了天水,被调到了玉门搞石油勘探。搞勘探的人,是流水的兵。哪里有石油,我们就流到哪里。我流过青海、新疆,流过东北大庆、山东胜利,最后流到了河北任丘油田……这样流来流去的,直到我这股流水快干涸了,也没机会还人家万全那5元钱。

不是我不想还,咱可不是赖账的人。只是咱不知道万全那小子到哪里工作了。我也多次写信到原单位打听,但信件都石沉大海。直到1976年,我遇到了另一个老同事,才有了万全的确切消息:当年我离开天水不久,万全下乡回来也调到外地去了。1965年,万全得了场大病,回了老家,后来就……就没了。我的眼泪当时唰的一下就掉了下来,把地都砸了个坑。万全啊万全,你这个短命鬼,你这不是在害我吗?我还欠你5元钱呢,你怎么就这样走了?你娶上媳妇儿吗?你娶媳妇儿的钱够吗?你是不是因为5元钱得的病?你是不是就差这5元钱就没看好病?你是不是在离开人世的时候还在记恨着我?你是不是认为我是一个借钱不还的骗子?我哭万全,也哭自己。我欠下了万全一本良心债。

我必须尽快把这债还上。我立即跑到邮局,按照老同事说的万全老家地址,汇去了50元钱,可不久却被退了回来。

万水千山,人海茫茫。我不知道这里面有什么变故。我想有机会亲自去一趟。1992年,我退休了,油田安排我到陕西疗养。我知道机会来了。这里离甘肃已经不远了,也就是说,是我了却这笔债的时候了。

于是,我放弃了疗养。我去车站买票。你说怎么就这么点儿背,在路上,我被一辆汽车撞了。命没大碍,可一条腿丢在了医院里。老伴儿和儿子急匆匆地赶来,把我接回油田养伤。儿子不停地埋怨,单位让你是来疗养的,不是让你来撞车的。要撞咱在家里撞,跑这老远撞,咱犯不上——我听了这话,挥起手来想扇他,被他小子躲了。本想让他去甘肃走一趟,可话到嘴边又咽了回去。

我在病床上躺着,想着万全那5元钱。我对自己说,刘亦秋啊刘亦秋,你是一个讲信用的人,可怎么偏偏就背上一个不讲信用的包袱呢!

我把5元钱的故事讲给了老伴儿听。我求老伴儿帮我卸下这个包袱,老伴儿同意了。2008年春天,我挂上单拐,在老伴儿的搀扶下,坐上了西去的列车。两天后,我们来到了天水市。三天后,我们来到了万全的老家。村里的人说,以前是有个叫万全的人,他死了后,老婆带着儿女改嫁到几十里外的一个小山村去了。

那里不通汽车。犯了心脏病的老伴儿说,咱还去吗?要不把钱留下,让人捎去算了。我说,不行,我必须亲自送去,人是要讲信用的。我已经耽误了这么多年,不能再耽误了!

我就一人挂着单拐,爬上了山路。我知道我这年纪这身体再爬山路很难,但我必须爬。终于,在天黑前,我来到了那个小山村。我找到了万全的儿子万福……

停——胖乎乎的女导播一挥手,打断了我的叙述。她说,接下来的故事我就知道了。我们已经去了万福的家。您拿出连本带利500元钱给万福,您告诉他半个世纪里关于5元借款的故事。家庭困难的万福收下了钱,但他没乱花。他到集市上买了一对青花瓷瓶。一个摆在了他家最显眼的地方,他说要把它当作传家宝;一个托我们带给您老人家,那就是我们带给您的礼物!

女导播打开箱子,拿出那个青花瓷瓶,摆在了我的面前。我抚摸着瓷瓶,禁不住老泪纵横。

摄影师连忙把镜头从我的脸上移到了瓷瓶上。那里,青花绽放,晶莹剔透,似有一股暗香脉脉袭来。

清　　潭

陈　大　臣

我的门是在清早被擂开的。我在睡懒觉。一天一夜的雨把乡村公路浇得像面条,下不了地,出不了门。你说不睡懒觉干什么?可门被擂得山响,这懒觉就睡不成了。我打开门,就看见了那个胡子拉碴、一脸凶相、花格衬衣上沾满了泥水的人。还没等我说话,那人就嚷嚷,我姓冯,走啊,是人的就跟我走,救人去,救人去!

我就跟着他走了出来,邻居们也跟着他走出来。我们就看见一辆四个圈的奥迪像个蛤蟆一样扎在了村边的道沟。车门被卡住了,司机卡在方向盘和驾驶座位之间动弹不得。我和邻居们走到近前,看清了牌照和人,我们转身便往自己家走。

别走啊!推车推车,不能眼睁睁地见死不救!姓冯的踩着齐脚踝的泥赶过来。

里面的人有钱，让他花钱找别人救吧！我说。

是啊，他马大能耐不是很能耐吗？怎么就能耐到沟里去了？邻居们说。

姓冯的伸开双臂拦住我们，见死不救也判刑，不管里面的人是谁，今天一定要救。我是新来的乡长。谁走，看我以后怎么收拾他！

我们停下，互相望望，又一起望着面前的汉子。

望什么望？不像乡长？瞧，那是我的行李，我今天上班第一天就遇到了这事！

我顺着他的手指望去。我望见了奥迪后面戳着一辆破旧的摩托车，车上真的绑着被褥脸盆什么的。不过，早就被泥浆糊住了。

我向大伙儿保证，我上任后要干的第一件事就是修好这条路！但这个人必须先救！冯乡长的眼睛瞪了出来。那件花格衬衣簌簌地往下掉着泥片子。

我们就把马大能耐救了上来。

冯乡长没说虚话，通往省国道的这条路他果然修了，四米宽，半尺厚，路面硬化得很好。最让人惊讶的是，修路没动乡里一分钱，是他找马大能耐赞助的。马大能耐是乡里一家造纸厂的老板。听说冯乡长找他拉赞助是走着去的，十几里地，只拎着一瓶衡水老白干。一瓶酒喝完，冯乡长晃晃悠悠回到了乡政府。第二天资金就打进了乡政府户头。

公路成了人们的眼珠子，冯乡长也成了乡里的心尖子。

宋 希 望

说实话,我很看不惯冯乡长的样子。粗粗拉拉,咋咋呼呼,不修边幅,似乎永远是穿着他那件旧花格衬衣四处晃荡。可人家是领导,看不惯也得伺候人家。我在乡党政办工作。我的本职工作是写材料。可郑书记还让我负责给冯乡长打开水拾掇卫生。在家里都是老公伺候我,在单位却伺候别人的老公。

那天,赶写一篇关于建设文明生态平衡村的汇报稿闹了个夜儿,起晚了。等到我把孩子送幼儿园后,就迟到了。我赶紧先去冯乡长那里,看到他的办公室铺满了资料,他正一边翻阅书本,一边嚼着方便面吃。那吃相像个孩子。我嗫嚅着说,乡长,对不起,我迟到了。你看,卫生也没有整,开水也没有打!

冯乡长头也没抬,继续翻阅书本,呜呜囔囔地说,没事!

我赶紧拿起暖壶想去锅炉房,冯乡长却把我叫住了,宋希望,以后你不用管我了,你好好写材料吧!我又不是小孩子,自己能照顾自己!

完了。乡长记仇了!我的心一凉,空暖壶掉在地上,碎了。

我等着乡长给我穿小鞋,等着乡长调我走。这一天终于来了。那是一个周末,我还在给书记写讲话稿。冯乡长把我叫到了他的办公室里。他摸着胡子拉碴的下巴对我说,你提前回家吧!

我提着小心问,为什么?我可是很努力啊,书记周一的讲话稿还没写好,你怎么能让我回家呢?

冯乡长拽下来一根胡子,我做了一个调查,每天下午下班前是你们最紧张的时候,赶着回家,赶着挤车接孩子,你有好几次都因为晚接孩子被老师批评了。所以,从今天起,你们有孩子的女

鱼
图
腾

同志可以提前一小时下班！早早回家喂孩子、洗衣服做饭,孝敬爹娘、孝敬公婆。你去下个通知吧！

那材料？周一书记还要讲话呢！我说。

拿来,我写——冯乡长坐在了办公桌前。

那天晚上,我对老公说,我们冯乡长是最有派的男人,他的花格子衬衫是乡里的一道风景！

郑 布 林

我倒真小看了小冯。这家伙很有两下子。现在看来,我把他要来大湾乡当乡长是要对了,也是要错了。

我本来是想要个有能力的好帮手。可这家伙能力是有,却不能帮我的忙,还净给我添乱。暂不说他修路和自己搞个人崇拜的事了,就说眼下马大能耐造纸厂的事情吧。虽说你救了人家的性命,可也让人出资修路了啊。按说这关系应该越处越好,可他不,现在又要让人停产改造。马大能耐不干了,他找到我这里来告状。他说,郑书记你看我可是给咱地方上做了贡献的人啊,税我一分也没少纳,修路捐款我可是哪回也不耍滑,你看冯乡长这人硬是和我过不去,他把我都整到县里了,环保局来找我,让我停产整治烟水排放系统,要整顿半年呢！要是这样,我干脆关张得了！

我急了,把小冯找来。我问他,小冯,这么大的事你也不和我商量一下？

他在我的办公桌前一边挖着鼻孔,一边嘟哝着,刻不容缓啊,郑书记,造纸厂污染严重,周围地里都不长庄稼,附近臭气熏天,老百姓喝的水都有股怪味儿,再耽误下去会出人命的。所以,我就写了报告递给县里了。

你赶紧把报告给我要回来——我把心爱的紫砂茶杯都摔在了地上。

结　语

冯乡长就去了县里,可是他这一去就没有回来。返程途中,他的摩托车和一辆货车撞在了一起。就在他修好的那条路上。是陈大臣报的信。当宋希望领着乡政府的人赶到时,冯乡长躺在血泊里已经没有了气息。那件旧花格衬衣,沾满了比夏天黄昏还要红的鲜血。人们在他衬衣口袋里翻出了那份让造纸厂停产整顿的报告,还有5元8角钱。

冯乡长死后,大湾乡的人在那条路口立了块碑,上面刻上了两个大字:清潭。

清潭是冯乡长的名字。

护　旗　手

冯志这两天经常往我的办公室来,而且一坐就是半天。有时候端着我送给他的宜兴紫砂壶咕噜咕噜地喝茶水,有时候坐在椅子上眼睛一眨不眨地瞅着我。瞅得我心烦的时候,我就大声对他嚷嚷,喝够了茶水,你就回家歇歇,别总瞅我行不? 我还要工作呢!

冯志也不脸红,他嘟哝着,我没瞅你,我没瞅你!

那你瞅谁了？

我瞅墙了。冯志说着，还在瞅我。我知道他的眼神出了毛病。像他这种岁数的人眼神一定会出毛病的。

我放下了手里的开业庆典计划，从老板椅上站了起来。我说，你自己在这里瞅墙吧，墙上说不定有金子呢！

冯志也不生气，我站起来，他也站起来，不过他没我站得利索，他还要扶着一个叫拐棍的东西。我走到我公司的宽阔的院子里，我在院子中间站定。我等着冯志，然后让司机送他回家。可冯志挪到我的身后，却死活不走了。他说，冯舟，公司快开业了，你这里缺点东西。

缺什么呢？你看那面是厂房，那面是宿舍，刚才我们出来的地方是办公楼，还有停车场、警卫室，还有工人活动中心。你说缺什么呢？

冯志说，不但你这里缺，而且你的墙上也缺！

那你说到底缺什么呢？

冯志不说。冯志按照自己的思路说别的。冯志说，我见过毛泽东，我是咱们县里唯一见过毛主席的人。

我吃了一惊，赶紧让秘书从屋里拿过一把椅子来，我怕冯志突然得病，我让他坐下说，他却倔强得拄拐而立，我这些年来一直也没和你说过，谁也没说过，我是新中国第一面国旗的护旗手。

哈哈！我围着冯志转了两圈，摇摇头，你17岁跟着杨得志当兵我倒知道，但从不知道你还当过护旗手！

对，我当兵是 1946 年的事，在晋察冀野战军第二纵队宣传科。1948 年 12 月，党中央着手组建京津纠察总队，我就被调到了总队一大队。1949 年 9 月 30 日，上级向一大队要四名战士。

我被挑上了,就成了护旗手。

冯志说这些话的时候,眼睛有些发亮,他说得很顺畅。挑上以后,我就见到了毛主席。那是 1949 年 10 月 1 日,中华人民共和国的开国大典在天安门广场隆重举行。毛主席在城楼上亲自按动电钮,鲜艳的五星红旗徐徐升上天空。那时我就在广场电动旗杆下面做护旗手。和我一起做护旗手的那三人都没我幸运。因为我是真正的护旗手,他们都是看旗手。

我问,怎么能这样说呢?

冯志说,你别打断我。当毛主席按动按钮,国旗即将升起之际,红绸旗帜太大,那天还有东南风,红旗一时缠裹着拖挂在旗杆基座上,是我迅速跑过去将旗面舒展开,然后向上一抖,那国旗就呼啦啦借着风势飘扬起来……

我和冯志认识这么多年,只知道他是个老农民,只知道他把土地当命根子,只知道他抠,就连我在他这一亩三分地上建工厂开公司他都不让,土地局我都跑下来了他都不让,还是我托村主任冯元从中说和,拿钱让他去北京旅游了一圈。趁着他不在家偷着盖的。他回来后,我的厂房已经戳起来了。他一言不发,佝偻着身子,围着我的厂房转了几圈,在向阳的一个地方种上了一棵白杨树。他说,冯舟,你欺负人。你盖房子,我种树,死了我就埋在这里看你,看你有什么好下场!我就又给冯元一部分钱,让他天天哄着冯志,看着他,别来我的公司闹。

可他这两天经常往我的办公室来,来了没闹,竟然给我编起故事来了。我真没想到,冯志都 80 岁了还会编故事,还编得这么顺畅,像流水一样。我不屑地说,你编得很好,可你那么风光过,怎么没混个一官半职呢?

冯志噎住了，半天才说，新中国成立后，我转业回来，市里给我安排了工作，后来响应党的号召，我回乡务农了。我也没想到我一回乡就是 60 年。

冯志的老眼里竟然有了泪花，其实 60 年务农我倒不觉得有什么不可。我开始当村干部，带领全村人大干社会主义，互助组、合作社，三年自然灾害，"文化大革命"，一直干到改革开放。我没有离开过土地，我也没让我的村民们离开过土地。这些年里，每当重大节日，我都带着村民搞升旗仪式。后来，村民们来的少了，即使少了，我也升旗。后来，没人来了，就我一人，即使就我一人，我也升旗。再后来，冯元那小子接了我的班，他就不安分了。他不搞升旗仪式了。他忙。他先是把庄稼地变成了果树园，后来又把果树园变成了工业开发区。这不现在，你又在我曾经开垦过的土地上盖了工厂，盖了厂房。这原来是一片乱葬岗子，我可是平整、侍弄了十几年，才变成水浇地的……

冯志喘着气，用拐棍戳着地，我知道这些都已经改变不了。我也知道这样变下去是件好事情。冯舟，可我还是觉得你这里缺点什么，你办公室的墙也缺点什么！

我走到冯志的跟前，扶他坐在椅子上，坐在阳光里。我说，你就别卖关子了，你说还缺点什么吧？

国旗！你要在你办公室的墙上挂一面国旗，你要在你这公司院子的中心立一根旗杆，开业那天要搞个升旗仪式。我……我还想当一次护旗手！

我一下子抱住冯志，我轻轻地拍着他的肩膀，像拍着一个婴儿。

我的公司盛大开业了。我和我爹冯元搀着冯志走到了高高的旗杆下,我对环绕着我们的嘉宾大喊:下面举行升旗仪式,由我爷爷冯志护旗!

蓝色是我最喜欢的颜色

老乔没事的时候就坐在老屋里说话,有时候一说就是半天。老伴儿在的时候,他和老伴儿说。他说,唢呐他娘啊,你知道我这房子是怎么盖起来的吗?那是我到渤海湾出了三年海打了三年鱼攒了三年钱才盖起来的。盖起来的当年我就娶了你。当时那真叫个气派。一个村子就咱家是卧板砖房松木檩,那砖烧得瓦蓝瓦蓝的,看着房子就和看蓝天没什么区别。我和你就在这蓝天一样的房子里行了夫妻大礼。新婚之夜,村里那帮没娶上媳妇的嘎小子来听房,他们在我家的阳台上,急得直挠墙。我们屋里就是没动静。你搂紧我说,急死他们,咱今天就是不让他们听去,往后的日子还长着呢,咱慢慢来。我听了你的,放过了你,但我绝不放过那帮嘎小子。我就悄悄地起床,拿起床下的尿盆,推开窗户,把尿连尿盆一起扔了出去……说到这里的时候,老乔常常是愉快地大笑。老伴儿呢,也大笑,笑得老泪都出来了。

后来老伴儿在他的说话声里走了,带着一生的美好回忆走了。老伴儿得了病,老乔的诉说没能留住她的生命。

老伴儿走了,他就和儿子说。他说唢呐啊,你小子来得真是时候,这么好的社会,这么好的房子,无忧无虑啊!可你小子来得又不是时候,在咱这蓝色的房子里你一生下来,我就觉得你的脸蓝得透明,身子也蓝得透明。我抱起你这蓝色的人儿,在蓝色的房子里跑啊,在蓝色的院子里跳啊。我举着你,把你举向蓝天,我想比比你和蓝天谁更蓝,谁更透明,可是我却栽倒了。你的头在地上碰了一下。就是这一碰,唢呐啊,你爹碰出了一生的悔,你娘碰出了一生的愁,你呢,碰出了一生的呆。你8岁还不会说话,上初中了,还是小学二年级的智力水平。我让你辍学了。可后来我发现你对色彩有着常人没有的敏感,特别是蓝色。我带你到少年宫学了绘画。唢呐,你小子画的第一幅画就是咱家的房子,那蓝色,画得瓦蓝瓦蓝的,在阳光下,蓝得透明,蓝得让陶醉,让人柔软。

蓝色是我最喜欢的颜色。我把画挂在了咱家的墙壁上,把画挂在了我的心尖尖上。唢呐,你是爹的心尖尖呢!可是我的心尖尖却不是总在我的心里,而是在我的屋里。我的唢呐经常走失。在我们老两口不注意的时候,他就不见了。有时候,我们拉着拉着手,他就不见了;有时候,我们吃着吃着饭,他就不见了;有时候,我们睡着睡着觉,他就不见了。不见的还有他的画夹和画笔。但他还会回来,有时候一天,有时候一周,有时候一月……他回来就给我带回来一大堆的画。我们看画的时候,也看唢呐。我们就把他看得更紧,但他还是经常走失。我知道了,唢呐不是我的儿子,他是蓝天的儿子,他还是大自然的儿子……

唢呐走失的时候,老乔就和老屋说话。他说,我的老伴儿走了,我的儿子走了,可你这屋子走不了吧。尽管你的蓝色褪了,你的砖老了,你的墙旧了,可我还是不嫌弃你,你就是我的老伴儿啊!老乔说到动情处,就在屋里来回走动,从东屋走到西屋,从西屋走到东屋。他摸着墙壁,像摸着老伴儿,像摸着儿子。摸半天老屋,人家也不说话,老乔就着急,就又和屋里的家具、屋里的电视、屋里的床铺说,你们跟了我这么多年,你们总该问问我,我心里到底喜欢什么吧?

老乔问不出家具、电视、床铺话来,就和上门来谈工作的拆迁办的齐楚说,齐主任啊,你知道我心里到底喜欢什么吗?蓝色,你说对了。是蓝色。蓝色是我一生中最喜欢的颜色。你看我这房子,它是蓝的,你看我这墙壁,它是蓝的,我的老伴儿是在蓝天下走的。我的儿子身体都是透明的蓝色。你再看他画的这画,蓝得让人陶醉,让人柔软。

我知道这里要扩建工业区和火车站。我们要拆迁。可我儿子,三个月没有回来了。我不是舍不了这老屋,我是怕我搬走了,他再回来找不到我了。可是我又觉得,他小子不傻,就是我搬走了,相信他一定会找到我的。只要有蓝色在,他就能顺着蓝色找到我。齐主任,你不用做工作了,我搬!

半年以后,老乔搬进了一套崭新的楼房。齐楚带人把房间和窗户刷上了蓝天一样的颜色,又把唢呐那幅老屋的画作,端端正正地挂在了客厅的中央。

不久,唢呐果真回来了,身后还跟着一个背画夹的女孩。

两个人的好天气

　　我爹终于坐上了我叔的奥迪车。

　　我叔坐进驾驶室,对我爹说,哥,去哪里?我爹说,老宅子。我叔说,不,还是去那二层小楼吧!

　　那原来是我叔的二层小楼,可现在归我爹了。我叔新盖了工厂,新盖了楼房,是三层的,就把原来的二层小楼给了我爹。这个决定,就是在刚才,我叔的工厂剪彩后在他的新楼房喝酒时做出的。

　　我爹心里没有什么准备。我爹望着他的弟弟,他的开着车的亲弟弟,心里一劲儿地瞎嘀咕,老二是不是今儿个喝得太多了?那个二层小楼可是值20多万呢!

　　我叔和我爹是一对冤家,他们多年前就是一对冤家。那一年,他们哥俩合伙要了块8间房的宅基地。要的时候还欢欢喜喜的,可是在分配的时候,别扭就来了。宅基地一边是住户,一边临着街。哥俩都愿意临街盖房,不愿意钻过道,走路、进车都不方便。最后商定抓阄。结果我爹抓到了里面。一奶同胞的,我爹在埋怨自己手臭的同时,高姿态地说,算了,就这样吧,老二你可要把过道留宽敞一点儿呀!

　　可我娘不干了。我娘和我叔可不是一奶同胞,不是一奶同胞就要寸土必争。我娘对我叔说,老二,你临街俺们钻过道也行,只是你要让出半间房的地方来！我叔说,这话怎么讲？我娘说,不是8间房的地方吗？临街的占3间半,钻过道的占4间半！还没等我叔说话,我婶就像弹簧一样蹦了起来,那不行,大嫂,没你说的那个瞎蛋理！我娘说,这理一点儿也不瞎蛋,不行？咱就换换,俺们临街盖！

双方争执不下,就这么点小事,惊动了大队里的调解人。大家劝着,两家就按我娘说的达成了协议。可盖成房子之后,我叔在圈院墙的时候,高过我家一砖不说,还把过道留得窄窄的,我爹的毛驴车都进不了过道。每到秋上麦收的,我们总是把收来的粮食卸在过道头,然后孩子和大人再肩扛手抬地往过道里面的院子里倒腾。俺们累得汗流浃背、气喘如牛的时候,我婶在院子里嘀嘀地摁着她家拖拉机的喇叭,尖着嗓子唱歌:一条大河波浪宽,风吹稻花香两岸……

那时候,我爹和我叔两兄弟,就成了冤家。

后来过了些年头,我叔却把房子扒了,他要盖楼。我叔原来是生产队的业务员,生产队散了以后,那些关系户就成了我叔自己的关系户。我叔就靠自己跑汽车配件致了富,他要盖二层楼。我爹是个死庄稼人,就靠耕耧锄耙土里刨食过日子,本来就被我叔的窄过道和高院墙压得喘不过气来了,如今我叔要盖楼。他窝着的一肚子火终于像火山一样爆发了,他拿起刨山药的大镐,愣是把我叔刚刚垒起来的底脚砖像刨山药一样刨了出来。

哥俩差点刀兵相见。还是经村干部调解,我叔退出半间房的地方,作为屋檐滴水之地。三间二层小楼盖起来的时候,高出了我家房那么多,而楼房与平房之间的空隙,就成了我爹和我叔心与心的距离。当那段空隙长满蒿草的时候,我爹窝心地住了院。

日子在我爹逐渐弯曲的脊背上不断地碾过，读完大学的孩子们在城里都安了家立了业有了楼房，我爹还在固守着他那几亩地，那几间房，和我娘过着日出而作、日落而息的标本式的农民生活。我几次接他进城，都被他拒绝了。我叔呢，多年后成了村里的首富，在村外盖了工厂，又新盖了十分漂亮的三层宽敞的住宅楼。他们一家搬了出去。工厂剪彩的那天，他给侄子侄女们都发了请柬，还亲自开着他的奥迪车来请我爹。我爹不去，我娘和大家劝了半天，才同意去，可死活不上奥迪车，说那是富家浪子玩意儿，非自己走路不可。

我们两家在我叔装修一新的楼房里喝酒，我们都喝了好多的酒。我们知道过去的日子就在这温馨的酒中过去了，而崭新的日子在这新楼上才刚刚开始。大家"满堂红"的时候，我叔说了一句石破天惊的话：哥，你不愿跟孩子们进城，你就住那二层小楼吧！

喝完酒，我爹终于坐上了我叔的奥迪车。奥迪车从村外沿着乡村公路走进村里，把我叔和我爹带进了二层小楼前。我爹和我叔望着二层小楼，望着几间平房，望着小楼和平房间的空隙，哥俩突然就觉得心里空落落的，又满当当的，他们的眼里就有一种闪光的东西同时涌了出来……

阳光下，长满花白头发的我爹扭过头来，对同样长满花白头发的我叔说，老二，今儿个，今儿个……天气真好！

是，老大，今儿个天气真好！我叔应和着。